투명을 바라보는 방식

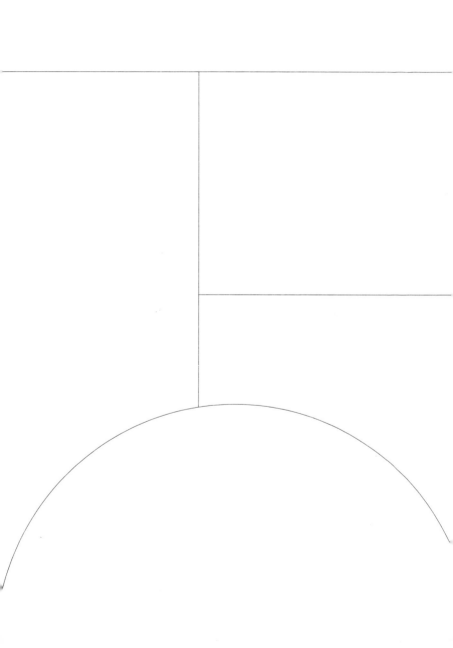

투명을 바라보는 방식

투명을 바라보는 방식

초판 1쇄 발행 2022년 3월 25일

지은이 .... 빈터문학회
펴낸이 .... 이성수
디자인 .... 박진한
인쇄 및 제책 .... 새한문화사

펴낸곳 .... 도서출판 돋보기
등록번호 .... (979-11) 958492
주소 .... 경기도 구리시 건원대로99번길 99 성윤빌딩 3층
전화 031-568-7577, 010-9877-7567
팩스 031-568-7577
이메일 .... iamparang@naver.com

ISBN 979-11-958492-5-3 03810

빈터문학회

회원 .... 강미정, 강 순, 고주희, 권지영, 김길나, 김도연, 김명기, 김명은, 김미옥, 김밝은, 김소영, 김송포, 김영준, 김용인, 김윤아, 김정수, 김진갑, 김진돈, 김창재, 김혜선, 김효선, 나석중, 박미라, 박일만, 서정임, 수피아, 신새벽, 심종록, 오영록, 유 희, 윤희경, 이기범, 이상홍, 이성수, 이순옥, 이어진, 이토록, 이혜수, 장인수, 정 겸, 정완희, 정충화, 정한용, 하태린, 홍 솔, 황영애 (46명)

운영위원 .... 김도연, 김명은, 김정수, 김진갑, 이성수, 정한용, 홍 솔
사무국 .... 김송포 (사무국장)
　　　　　　　김미옥 (총무)
　　　　　　　김도연 (오프라인행사팀장)
　　　　　　　이성수 (시집발간팀장)
회장 .... 장인수

차례

차례

과 욕

박일만

비울수록 늘어나는 뼈
비울수록 단단해지는 마디
태풍이 와도 꺾이지 않는다

빈 몸일수록 낭창낭창해진다
덜어내고 덜어내는 대나무

도시에서 사는 나는
몸이 뻐근하고, 통증을 달고 산다
위장 속에 밥을 머리통에 개똥철학을
쑤셔 넣으려 안달하기 때문이다

통장 잔고를 불리려 계산기를 튕기고
여자를 한번 안으려 감언이설을 늘어놓고
지식을 뽐내려 두꺼운 책을 지니고

세상에서 주운 찌꺼기로 잔뜩 채워진 나

이 나이 먹도록 쓸 만한 게 없다

잡스럽게 활보하며 살아 온 나를 이제
감옥에 처넣어야 한다

비쩍 마른 저 어르신
휘청휘청
넘어지지 않고 잘도 가신다

비었다, 비웠다

식 탁 권

박일만

전직 나라님께서 그 옛날 하신 말
– 국민이 안 사 먹으면 그만이지
라는 기상천외한 아이디어를 내놓자
뿔난 엄마들이 연합회를 조직했었다
혼자서는 먹히지 않아 연대했었다

나라를 다스린다는 명분으로
미국산 쇠고기를 무차별 사들이고
중병 걸린 고깃덩이를 잘 포장해 내주면서
엄마들이 알아서 가려먹으라는
들쥐 같은 발상을 방방곡곡 퍼뜨렸었다

대한민국 엄마들을 천치로 여기거나
자라나는 아이들을 경시한 처사였으리라

미국과 엉터리 협상을 해놓고
처신은 엄마들이 알아서 하라니

민초들의 밥상은 안중에도 없고
혼자 몰래 한우만 드신 건 아니었는지
나라의 가장이라 자처하는 사람이 할 말은
아니었던 듯싶다

세월이 흘러, 촛불 환한 시대에
나라님께서는 감옥에서
광우병 걸린 소처럼 비틀대고 계신다
제발 내보내 달라고 울먹이고 계신다

가엾어라!
건강에는 밭에서 나는 쇠고기가 최고라는데
콩밥 많이 드시라 일러드리고 싶다
 – 알아서 드시는 게 어떠냐
고 대책 없이 가르쳐 주고 싶다

닭의 멸망사滅亡史

나석중

닭들은 아예 잊었으리
자기들의 먼 조상이 하늘의 새였음을
귀는 간사하고 달콤한 그 입술을 어이 견뎠으리
모이를 뿌려주는 길 따라
닭장 속으로 줄줄이 모여드는 닭들은 기억하리
반짝이는 풀숲을 헤치며
홰를 치며 제 부리로 제 먹이를 찾던 엊그제
같은 시절을
아 기억하리
구멍 난 바윗덩이가 제 몸에 떨어지던 낙숫물을
기억 못 하듯
노동의 신성을 잃어가고
게으른 입에 흘려주는 우유가 독물이던 것을 기억하리
때늦은 후회로 엉엉 울어볼 수밖에 없으리
빛나던 이마의 벼슬을 잃고
어느 날 갑자기 우물 안 개구리가 되어
녹슨 10원 동전 같은 하늘만을 우러러보며 울리

세상 처음 듣는
우물 밖의 냉소 괴성을 들으며 귀때기 틀어막으며
개굴개굴 울음 무덤이 되리

설 거 지

나석중

고개 숙여 경배드렸던

체온이 식은 밥상 위 그릇들이 식후엔

왜 추해 보이는지

수세미에 주방세제를 묻혀

잠시 거룩했던 것들의 얼룩을 닦는다

남이 설거지하는 걸 보면

꺼림칙해 보이는 내로남불을 씻는다

사소한 일에 눈을 부라리는 미인의 히스테리에

더러워진 마음을 씻는다

그것들을 뜨거운 물 소나기로 헹구고 나면

내 눈의 들보를 빼낸 것 같다

하기야 내 인생도 설거지할 때가 되었지 이젠,

작은 그릇 큰 그릇

차례로 엎어 놓으면 개운하다

추락한 俗에서 聖으로 올라선 것 같은

한결 詩 한 편 쓴 것 같다

숲길

정완희

어릴 적 다녔던 산길을 걸었네
내 멀리 객지로 떠도는 세월에도
무심한 듯 구름은 흐르고 흘러
육십 넘은 나이 돌아오는 길에
늙은 나무들 쓰러져 썩어가고
옛길은 숲이 되어 사라져 버렸네
내 나무꾼 되어 다니던 길은 지워지고
멧돼지 고라니 다니는 길이 새로 생겼네
나도 엎드려 네발짐승이 되어
멧돼지 길을 기어갔다네
멧돼지 발자국 고라니 똥을 밟으며
내 흔적도 거기 남겨 두었네
사람들 다니면 길이 되듯이
동물들 다녀서 길이 되었네
이제 나도 그 세상의 길로 들어섰다네

콩나물

정완희

메주콩을 심었다

콩잎장아찌를 먹고 싶다는 아내를 위해

메주콩은 갈아서 콩비지 만들거나

콩나물로 키운다. 아내는

한밤중에 일어나 물을 주고

농약*을 주지 않은 콩나물은

조금씩 상한 물비린내가 나거나

지저분한 못난이로 자란다

콩나물의 모자를 벗기고 발을 따고

다듬어진 콩나물은 뜨거운 물에 데쳐져

접시 위에 참깨를 뿌린 콩나물 되거나

시원한 콩나물국이 되어 헤엄쳐 올 것이다

아내는 나에게 콩나물을 먹이고도

콩나물이 그려진 피아노 악보를 보며

콩나물에 맞추어 건반을 두드리고

콩나물들은 이제 멜로디가 되어

방 안에서 나와서 온 세상에 흘러넘칠 것이다

*종자소독제·성장촉진제

조응調應하다

오영록

무교인 아버지는 소나기 오는 날로
불당도 예배당도 신당도 아니 가고
맨몸에 비를 맞으며 스스로를 조율했다

우의로 떨어지는 빗소리 음역에다
마음의 중심 추를 조금씩 맞췄는지
그러는 밤이면 어둠과 물아일체 되셨다

어쩌다 세운 뜻에 음 하나 안 맞으면
꼴지게 발목을 때려 어긋남을 맞췄는데
그때는 그냥 흥에 겨운 아버진 줄 알았다

성돌이 기운 듯이 굄돌을 찾으시면
어머니 재재하니 막걸리를 거르시어
헛헛한 아버지 속을 고이시곤 하셨지.

첨성대 瞻星臺

오영록

숫 맷돌 위로 암 맷돌이 돌듯
하늘은 지난밤 또 땅을 휘감고 돌았다

동에서 서로 해가 지듯
맷돌은 좌에서 우로 시계방향으로 돌았다
이것이 최초의 시간이었다

하지와 동지처럼
어머니의 고苦와 인忍의 끝없는 진자운동에 어처구니는
어처구니없게 회전운동으로 바꿔놓았지만, 그것이
한 해를 사계로 나눴고 그 계절을 다시 스물넷 개의
절기로 통로를 만들어
바람과 구름의 길을 만들듯이
콩을 빻고 들어가는 맷돌 아가리는 생과 사를
가르고 주관하는
최초의 블랙홀이었다

하늘은 구름꽃을 얼마나 피우고 지웠는지
또 땅을 얼마나 얼렸다가 녹였는지
우주는 갈린 콩처럼 혼돈이다

선과 악을 보이지 않는 것처럼 음과 양은 보이지 않지만
비의 길과 바람의 통로가 보이는 것처럼 별과 달
사이에 길이 있다

어머니가 간수를 넣으시며 하나님이 땅이 생기라
하시니 하늘이 생겼듯이
일출의 시각과 일몰의 시각에 따라
선과 악의 기운이 승하는 법

누구든 어머니의 양심良心에 생명을 얻듯
낮달을 품는 태양의 광활한 품이 있으니 그것이
최초의 나였다

해와 나 사이에 안개로 운석을 피하는 길을 보고
절기를 만들어
종자를 흙에 넣게 하니
수고로이 눈과 비를 만들지 않아도 거두셨던 신처럼
두레상 귀로 파리들의 합장 또한
어머니의 양심養心으로 거두심이다.

드러난 뼈

권지영

용장사로 오르는 길

마른 솔잎들 흙바닥으로 투신해 주검이 되어 뿌려졌다.

오르막길은 부지런히 바스락거리는 마른 솔잎들을

수놓고 있다가

뼈들만 앙상하게 남은 뿌리의 길이 도드라진다.

한 발 내디디며 무릎과 함께 보폭을 높여야

하는 길에서

거북이 바위가 슬그머니 오른다.

숲의 향을 뿌리로 말려버리는 휘어 오른 길 따라

투박한 등딱지에 새겨진 오랜 좌표,

아슬아슬한 언덕 위에 올라 허리를 편다.

거기

오래

이미

뼈를 드러내놓고 합장하는 소나무 한 그루

손을 거꾸로 뒤집어 하늘에 올린다.

제부도

권지영

차르르르
바닷물이 순식간에 밀려들었다
섬은
없던 문이 생겼다
더는 내려갈 수 없게
점점 높아졌다
문을 열 수는 있으나
잠기는 것들을 생각했다
오도 가도 못하는 건너편에서
잠긴 문을 바라보는 희미한 눈동자

어제의 물때와
오늘의 문이 만나고 있다
사람의 반대편에
사랑이 잠겨있다
꼭꼭 가둬버리는 물속으로
숨어들어 가는 시간

길이 열리면
문이 사라져
바다의 끝이 도망간다
어디에도 없던 시절인 듯
모두 이어진다

여우꽃각시버섯 – 마음

심종록

어디선가 울음소리 들린다
밤비는 내 등을 자꾸만 떠미는 중이다
나는 한 번도 발을 들이지 못한
아나하 빌라 단지 그 불야성 속의
아황과 여영*이 시중든다는 성지 아레나를 훔쳐본다
유튜브에서는 낡고 오래된 노래가
스크래치 난 엘피판처럼

*中次十二經. 帝之二女.

즐거운 곳에서는 날 즐거운 곳에서는 날 즐거운
곳에서는 날 오라 하여도

내 쉴 곳은 여기 없네
이 세상엔 없네

어디로 가야 하나 백주에 횃불 든 사람은
그믐날 밤 지팡이 두드리는
봉사는
다시 울음소리 들린다 한숨 내쉬고
젖은 몸 추스르며 소리가 들리는 곳을 향해 묻는다

뭐 하니?
희미한 대답

밥 먹어요
무슨 반찬?
개구리 반찬
죽었니? 살았니?

크고 날카로운 울음소리

내 늑골 성채 삼아 어쩔 줄 모르는 여우 한 마리 산다

큰눈물버섯

심종록

그가 웃네
골똘한 표정으로 미간에 주름 깊게 새겨진

忘憂里 공동묘지 오르는 길
헝클어진 머릿결
눈보라 치는 여름날을 겨울 외투로 감싸고
주먹밥 한 덩이 주워든 그가

현무암 같은 얼굴에
기쁨이

토끼풀처럼 엉겅퀴처럼
살아나서는
활짝 웃네

세상이야
모다기비 쏟아지는
만경징파萬境澄波

사철의 봄바람 불어 잇고

아내는 계절마다 슬픔을 바꿨다

장인수

아내가 방 정리를 할 때는
방문을 닫고 혼자서 했다
하루 종일 방에서 나오지 않았다
밥때가 되면 방문을 열고 나와
대충 밥을 차려주고
다시 방으로 들어가 방 정리를 했다
서랍이나 장롱, 수납장에서 모든 것을 꺼내어
다가올 계절과 지나가는 계절을 서로 자리바꿈했다
투덜거리면서 혼잣말을 하면서
아내는 무언가를 숨기거나 보관하는 것 같았다
버릴 것들을 몇 상자씩 문밖으로 내보냈다
밀폐된 방에서
식구들의 슬픔과 얼룩을 바라보며
방향제와 방부제와 방습제를 갈아 끼우고
먼지를 털고 닦으면서
얼굴이 초췌하도록 방 정리를 했다
한숨을 쉬거나 눈물도 흘리는 것도 같았다

방 안에서 혼자 아파하는 것 같았다
방을 나와서 목욕을 오랫동안 하고
끙끙 앓아눕기도 했다
그럴 때는 괜히 불쌍하기도 하고
마치 내가 큰 죄인이 된 것만 같았다

모과는 엄마 무릎을 닮았다

장인수

짱돌처럼 못생기고
굳고 딴딴한 것이
인공 관절을 집어넣은
엄마 무릎을 닮았다
옹이를 관절에 새긴
엄마 무릎을 닮았다

우주에서 얻은 지팡이

김송포

우주 신과 접속 중입니다 설마 운수를 맞힐 수 있을까요
그렇다면 시험해봅시다 펼쳐진 그림 중에서 세 장을
뽑으십시오 마지막 한 장은 제가 뽑겠습니다 섬세한
감정을 가지셨군요 직관적인 안목과 열정을 가지셨군요
맞습니까 마지막 한 장의 카드는 느리게 꿈을 달성하는
운입니다 손에 꽃이 들려 있습니다 지팡이도 있군요

마음속엔 권력과 선행과 추함이 들어있다고 하죠
동그랗게 갈고 닦아 원을 만드는 초석이 있습니다 나의
우주는 동그라미입니다 동그랗게 오므렸을 그 자리에서
세상을 향해 손을 흔들어 지구가 죽어가는 환경과
난민을 위한 봉사의 마음을 가져보라는 것이죠 이웃과
배고픈 아이를 살피라는 힌트를 얻습니다 우주적인
관심을 미미한 존재에게 전환하라는 말씀이죠

들락날락 우주 신과 접속이 끊겼다 이어지는 상황이
진행 중입니다

왕의 어머니, 가자

김송포

반드시 대박 나게 하는 산입니다 발왕산은 왕의
어머니라고 부릅니다 그렇다고 칩시다 그런데
어떡하죠 화려한 저 산의 높이만큼 시가 되지 않아요
풍경은 문장을 만들 수 없어요 감정이 죽은 나에게
사진을 찍어주겠다고 자리에 서 보라고 하네요

나도 생각 좀 가자 감동 좀 가자 쉬어가자 물 한 모금
먹고 찰칵, 뒤로 돌아 찰칵, 제발 어머니 보러 가자
마가목 키운 상흔을 보러 가자 궁 안에서 키운 자식이
얼마만큼 커졌는지 가자

이제 아버지 보러 가자

멀다 멀어 둘이 살다가 지겨우셨나 걸어도 걸어도
안 보인다 왕눈이나 보러 가자 8개의 눈을 다 찾으면
행운이 온다는데 몸속에 남은 것은 뼈만 있고 가슴은
텅 비어 눈이 퀭하게 들어가 있군요 나이 들면 물은

없고 앙상할 거라고, 어머니 무덤을 흔들면 보일 거라고

가자 가자고요 당신에 기대어

속초

김영준

아버지는 어린 인민군이었다

첫 전투에서 혼비백산 시체를 끌어안고 밤을 보낸 뒤
포로가 되었다
거제도 수용소에서 어찌어찌 보낸 후
동해 물길을 거슬러 거슬러 이곳까지 왔다

곧 전쟁은 끝날 것이고
고향 땅을 밟을 최적의 거리였다

그러나 그건
나날을 허덕이게 한 그리움과 기대일 뿐
63년 만에 여기에 몸을 눕혔다

벽 화

김영준

흰 담벼락 아래
할머니 세 분이 앉아 이바구질한다

꽃무늬 몸뻬와 저고리가 그냥 움직이는 벽화다
웃음소리도
아들놈 욕지거리도
하나씩 들고 있는 얼음과자도 덧칠 중이다

간난의 시절과
시집간 딸년의 울음은 잠시 휴식이다

오후의 바람이 그 곁을 지키고
오후의 햇살이 이바구에 간을 얹는다

오늘은
흰 담벼락에 흙먼지가 머물 뿐
할머니들 발걸음 조용하다

거짓말의 당위성

박미라

저기, 웃고 계신 얼굴은 뉘신지?

게거품 꾸역이며 흙탕물 일구는 물의 아류가 나를
관통한다는데
나는 볼 수 없는 내 안의 상황이란
겪어 본 적 없는 전쟁의 기록 같아서

구절양장 한구석에 저 혼자 자라는 섬 하나쯤
어떻겠느냐고
형상 이전의 분홍을 더듬거리지만

싹을 도려내면 줄기 굵어지는 것들 사이에서
베이고 긁히다가
뽑아도 다시 사는 것들의 습성을 적어두기도 했는데

물 한 모금 마시지 말고 그저 까무룩 죽은 척하라고
그러니까 감쪽같이 몸을 속이라는데

거짓말은 너에게나 하는 것이어서
내가 나에게는 나도 모르게 해야 할 텐데

마른 입술에 침 바르는 소리를 들킬까 봐
부분 골절이 진행 중인 삭정이를 끌어안고

거짓말에 대한 예의를 다하는

나라는 거짓말!

갈치 조림을 먹는 자세

박미라

얼음 위에 누운 갈치와 눈이 마주쳤지만

내게도, 뜬눈으로 생을 접은 인연이 있었으니
눈물 없이 너를 읽어도 미안하지 않겠다

비린내가 도착하기 전에 갈치를 토막 낸다

기억할 수 없는 먼 갈피에서부터 내 것이었던
한 덩어리 살점.

내가 나를 끓이고 졸이는 날들이 자글자글한데

거기서 우리는 별이거나 꿈이거나
무지갯빛 몸을 입은 한 마리 뱀은 아니었는지

무딘 칼날을 빌려 목숨을 옮겨적는 그저 그런 저녁이다

상가의 맨 마지막 조문은 죽음의 형식을 부인하는
자의 몫이다

설상화舌狀花, 설상화雪上花

하태린

1
내게 당신은
이다지도 끈끈합니까
주저앉은 일생
약사발 들이킨 채
얼굴도 노랗게
떴습니다

2
팍팍한 땅
텅 빈 육신 박았어도
뼈대 없는 삶이라
행여 눈 흘기지 마소서
그래도
관모를 두르고 화관을 쓰다듬어
쓴 물을 단물 삼아
한 송이 꽃을
피웠습니다

3

한겨울 로제트
밑동 잘린 그루터기 옆
말라빠진 그림자처럼
먼지 풀풀 채이며
독하게
지독하게 버텼습니다
비운 몸
흰 골수 삭혀 채우며
나조차
가벼이 여겼습니다

4

물기 없는 바람
샛노란 얼굴만은
가뭇없이 흔들려도
당신과 함께
새벽이 오는 것을

내 어찌 모르겠습니까?

오늘만은
첫 키스 그날처럼
태양을 바라보며
눈물을 핥습니다
어쩌다 당신에게
들켜버린 쓰디쓴 모습
뜨거운 햇살
돋아나는 혓살입니다

5
마음의 문
둘레를 살펴주세요
눈물 또 눈물
기쁨의 눈물입니다
아이들이 마침내

둥지를 박차고 날아오르며
가볍게 쉼 없이
낙하산을 펼칩니다

        팟   VV
                 !

                        팟   VV
                          !

        팟   VV
             !

한여름 눈으로
흰 눈꽃으로
날립니다

        6
이제

당신의 푸른 씨앗들이
자라나도록
기다립니다
아무런 걱정 없이 꽃필 때까지
기다립니다

비록
바람에 삭발 된
매끈한 머리통
버짐 핀 해골이 될지언정

저는 마냥
웃으며
흔들리며
기다리겠습니다

자화상

하태린

1

비춰보면

스스로만 늘 추해 보이는

모습이 있었다

흰 여백으로 가득 찬

언덕 위

생명과 목숨이라는 두 인간이

겹치듯 어른거렸고

시작도 끝도 없는 기호들이

평면에 기재되며

가물가물 아지랑이로

피어나고 있었다

2

허기진 배

물 채우듯

냄새도 색깔도 없었다

스스로에 대한 경고나

결심 따위는 팽개치고

오로지 자신에게만

한없이 너그러워 보이는 그곳

늘

노릇한 바나나 향이 배어있어서

두통약을 찾다가

결국 엉뚱한 소화제를 찾기도 했다

　　　3

가진 것 없이도 가진 것처럼

겨 묻은 개를 부러워하여

가끔 허공에 대고

깔깔대며 웃음을 터뜨리기도 했다

야단맞을까 봐

감춰놓고 꺼내 마시는 독배 한 잔

취하듯 흘러나오는 잔소리는

일종의 중독 증후군

하지만
성배의 약효였다
왜냐하면
한 번 들이키고는
어둠 속으로 사라지다가도
매일 환하게
다시 깨어나기 때문이다

4
어느 광대가
홀쭉한 풍선을 하나 꺼내
바람을 불어넣는다
훅…
빵!
터지면서 순간
민들레 물음표로 날다
무수히 하늘하늘

가볍게
점점이 땅에 내리고 있었다
안개 속 거기에서
고개를 들어보면
당신의 자욱한 프네우마가
서려 있었다

　　　5
그날 오후
숲속의 작은 오솔길엔
어느 요정이
살며시 나타났다가
쌩긋 웃으며
숲 저편으로 사라졌다
일기장에 쓰인 글씨는
어느새 증발되고
돋아나는 풀잎처럼

날짜만 파릇파릇 새겨져 있었다

손거울이
바람을 비치고 있었다

요지경 천국

김길나

연구실 책상은 잘 정돈돼 있다
책상에서 나는 너를 미시세계로 밀어 넣고
전자현미경으로 들여다본다
열리는 것은 카오스 천국
너와 내가 경험한 상식은 이 미시세계에서
폐기되고, 길이 뒤틀린다
이곳의 별들은 공전 궤도를 이탈하고
사라졌다 나타났다 한다

시간에 뻥뻥 구멍이 뚫린다

내 곁에 있는 네가 뒤에 있다 위에 있다
여기저기 흩어져 있다
분열된 너는 내게로, 또 네게로 다가오지 못한다
존재의 연속성이 파괴되었다

너는 내일로 가기 전에 구멍에 빠지거나

어제에 갇힌다
너는 오늘에 닿지 못하고 날마다
현재성의 함정에 직면해 있다

심장에 뚫린 구멍이 시간의 구멍에 얹혀 돌고
몸 안의 길이 교란 중이다

그리고 공간이 찢어진다

너와 내 발을 크레바스가 노린다
여기서 십 미터 앞 네게 가는 길이 요원하다
집을 나온 너와 나는 문 앞에서 집에 들지 못하는
행려자이다. 우리는 서로 낯선 이방인이다

별로 떠 있는 비너스

김길나

공허가 하루를 엿가락처럼 늘렸다
샛별을 켜 든 새벽이 멀리 있다
단물이 빠진 하루는 길고 일 년이 짧다

별안간 관성의 법칙에 반란이 일어 감정의 자전 축이
넘어진다 권태가 허공을 껴입고 거꾸로 돌아가고 있다

공空으로 가는 회로에서 무너지는 것은 의미의 축적인
고층 구조물인 셈
무의미의 미학이 무심한 바람,
평화로운 달빛을 데려왔다

그것은 또 무향의 꽃을 피워 올리고
텅 빈 고요를 불러내고 있다
그때, 비너스의 빛이 영롱하게 반짝였다

멀리 있는 비너스는 찬란했다

거꾸로 도는 비너스가 발산한 빛은
낯설게 하는 신성新性인 것
그러나 질서를 처형한 마성인 것

나는 싱싱한 네게서 비너스의 미감을 무화시킨다
거꾸로 도는 사랑법은 절망으로부터 시작되었다

서쪽에서 해가 뜨고 동쪽에서 해가 지는
모든 역설을 완성시킨 사랑의 행성은, 그러나
불길에 열렬히 휩싸인 혹독한 지옥인 것

비너스의 의미마저 지운 금성에서의 하루가
일 년 보다 길었다

언젠가 우리 다시

정한용

다시, 만날 수 있을까, 강남이거나 강변역이거나, 이 세상 어디에서든, 열 걸음 앞에서 당신 걸어온다면, 모른 채 피해야 하나, 그러기에 너무 늦으면 먼저 눈인사 건네야 하나, 이십 년이나 지났는데, 그 세월, 잘 지냈느냐고, 선뜻 떠오르지 않는, 턱선이 둥글었는지 눈가 주름이 세 개였는지 네 개였는지, 건강하냐고, 요즘은 아프지 않으냐고, 그래도 물어보아야 하나, 아니, 아주 아팠다고, 당신만큼 나도 아팠다고, 짐짓 독백처럼 고백해야 하나, 짙은 바이올렛 원피스가 잘 어울렸는데, 오늘 입은 흰 블라우스도 예쁘다고, 슬며시 칭찬인 듯 어색함을 덜어야 하나, 망설이는 순간, 어느새 다섯 걸음, 그때도 무심이, 마치 낯선 사이인 것처럼, 우연히 만난 것처럼, 우린 아무 사이도 아니에요, 변명하듯 무표정을 가장하며 걸었던, 강남이거나 강변역이거나, 장소는 지워지고 시간만 남은 장면을 기억하느냐고, 사랑은 시간 속으로 스며드는 거라고, 정말 그럴까, 색깔도 조금씩 바래 결국은 투명해지는 거라고, 정말, 그

리고, 두 걸음, 한 걸음, 그냥 지나가자고, 후회는 남아
도 상처가 덧나지는 않을 거라고, 지워지는 게 사람 사
이의 섭리라면 그림자조차 겹치지 말자고, 아득해지자
고, 그러면 다시, 바람이 우리의 뺨 사이를 핥고 지나가
며, 허공에 화석처럼 얇고 엷은 자국을 남길 거라고

분갈이를 하며

정한용

'당근마켓'에서 대형 시멘트 화분 세 개를 산다. 집이 비좁다고 투덜거리던 꽃나무를, 크기에 맞춰 이리저리 옮겨 심는다. 어떤 나무는 새 집이 깨끗하고 널찍하다 며 좋아하고, 어떤 나무는 정든 곳을 떠나기 싫은지 낡 은 화분을 실뿌리로 꽉 잡고 놓지 않는다. 낯선 곳에서 새 삶을 여는 마음도 귀하고, 익숙한 것을 간직하는 심 성도 간절하다. 나는 작은 선물로 아크릴 물감을 꺼내 밋밋한 화분에 울긋불긋 그림을 그려 넣는다. 노란 해 도 그리고 붉은 꽃잎도 그리고 푸른 바람도 그린다. 시 들시들했던 나무들이 활짝 웃는다. 고집을 부리던 나 무도, 어깨 툭툭 털고 자리를 옮기던 나무도, 다 박수를 친다. 거실과 베란다에 초록 웃음이 와르르 쏟아진다.

당신 눈에 내가 안 보이는 이유

강순

시간은 좋겠습니다
이유 없는 것들에 이유들을 만들고
이유 있는 것들에 이유들을 버리고
이유들이 쌓여서 공고한 어제가 되고
무너지는 오늘과 내일 사이에 목소리를 감추고

슬픔의 질문 없음
대답의 입술 없음

말들과 기억들을 손가락 사이로 흘려버리며

행과 불행도 모두 한 우주라고 믿으며
광폭한 건기 속에서 숨도 차지 않아
시간은 참 좋겠습니다

시간은 표정도 다양해서
누가 롤러코스터 운명선을 지나면

저렴한 환희와 비명을 아끼지 않고

누가 강물 속에 그림자를 버리면
의미 있음과 의미 없음의 눈물을 필사하다가

저주와 조롱의 문장 카드를 받거나
죄와 실수의 내역을 추궁당하면
무표정 무언이라는 면책특권이 있어서
시간은 정말 좋겠습니다

카드비, 부고장 같은 단어들을 삼키고
고통에 낙서를 갈긴 후 면벽이나 해서 참 좋겠습니다

그러나 어느 날 시간이 자폐증을 앓고 있다는 걸
알았을 때
나랑 친구하자고 손을 먼저 내밀어도 될까요
얼굴색이 너무 창백해서

나는 유령과 친구가 됩니다
당신 눈에 내가 자꾸 안 보이는 이유입니다

우리는 방안에서 모래놀이 중입니다
손가락 사이로 시간이 빠져나갔다가 돌아왔다가
반복됩니다 한밤에 우는 모래가 됩니다

그 위로 어쩌다 별안간
고개 내미는 꽃의 영령이 됩니다

눈물의 진화 쪼끔 있음
바람의 내력 쪼끔 있음

그레텔의 숲

강 순

이 밤이 내 몸을 부위별로 노려 오빠, 밤은 더 포악해지
고 숲은 더 추워지네 슬픔과 고통이 쌓여 독약이 되는
거라면 나는 누구의 목구멍을 타고 내릴까

살아서 어제를 추억하자던 약속은 죽은 엄마의 입속에
피는 곰팡이, 살갗 속으로 파고 들어오는 어둠의 분자
들은 날카로운 주삿바늘들

피노키오, 아무렇지 않다고 거짓말하고 멀리 도망치는
다리를 제발 빌려 줘 악마의 등을 뚫고 솟아오르는 저
허기를 나는 포크라고 불러 내 안을 다 뒤져도 발견되
지 않는 웃음을 찾아 비수를 세우고 있는 것

우리가 읽었던 동화가 낡아서 눈물은 더 이상 쓸모가
없어졌어 이제 이 스토리 밖으로 나갈 열쇠나 암호를,
밥이나 천사 같은 희고 맛난 말들의 실체를

우리가 악마의 과자를 먹고 새장에 갇힌 사이, 스토리
밖에는 여전히 가난한 아이들이 손을 내밀고, 언니, 지
구는 점점 더 춥거나 뜨거워져서 아이들은 해피엔딩
스토리에도 박수를 잃어버렸어

굶주린 야성의 밤이 졸음을 흘리기 시작하는 새벽, 글
린다, 우리는 불면과 불안을 무기로 탈출할 수 있을까
요 어느 아늑하고 평화로웠던 하루를 복제하고 그 안
에 나를 영원히 가둬 줘요

우리는 너무 빨리 먹혀 버리는 달콤하고 허무한 과자
처럼, 내일을 꿈꿀 수 없어 아침이 오기 전에 서둘러 시
들고 마는 꽃처럼, 그러나, 그러나, …… 그러나를 되
뇌며 새 영혼으로 태어나려 주술을 외는 이상한 숲의,
어떤 작은 꽃의 영령처럼

부츠의 안녕을 묻다

황영애

긴 모가지를 가진 얼룩말이 상자 안에 갇혀 있습니다

정기 간행물로 만든 똑똑한 아기를 몸속에 넣고
여름 내내 입덧을 합니다
케톤뇨가 오기 직전입니다
삶의 질이 식상해 보입니까

우리가 가엾다면 가끔 문을 열어 주세요
이목구비가 이탈하지 않았는지 확인해 주세요
겨울에 있었던 해결하지 못한 사생활로 숨이 막혀요
눈 속에 묻힌 소문을 밟고 인증샷을 했습니다
냄새가 튀어나와 얼룩을 만들어 얼룩말이 되었을까요

늘 불면증으로 신을 외쳐요
가까스로 잠든 날은 지렁이 무덤 속에 있는
악몽을 꿔요
생략된 문장들이 수포처럼 부어올라

진저리나게 슬픕니다

입체적 형상을 한 모양새로 광장을 뛰어다녔던
그날의 인증이 갤러리에 남았겠죠

얼룩의 문장이 달려 온 경로를 이탈하였군요
고양이 오줌 냄새 같은 향기를 품고
다시 겨울을 기다려야 하는 나는,

 안녕, 당신의 얼룩말은 잘 있나요

분 홍 의 맛

황영애

맨발로 산길을 걷다가 발바닥이 비명을 질렀다

살을 질질 흘린 지렁이가 발밑에서 덜렁거렸고
지렁이의 한 생을 쉼표 없이 끝장내고 말았다

혈관을 타고 온몸에 색인 된 물컹거리는 아찔함에
실수로 삼켜 버렸던 마른장마를 생각했다
이 넓은 행간에서 나로 인해 비명횡사한 빨간 울음이
입술에서 바짝 말라갔다

딱딱한 문장이 구부러져 있는 가제본 된 자서전에
추가 목록 하나 끼워 넣고 침묵했다

키스를 했던 그 날
환형동물을 나눠 먹고 미가입 채널 맛을 보았지
밤새 한 획을 긋고 분홍을 덧칠했던,

짐승 같은 분홍은 혀의 감각을 익히며
높낮이가 다르게 '아 어 이 에 오'
자욱한 기분으로 발성 연습을 했던 아찔함,
아찔함에는 분홍이 들어있다

분홍에는 외출했다가 불운이 겹친 키스가 들어있고
꿈틀거리는 위험한 문장이 들어 있다

생애 전체가 환부인 한 획의 필적
나는 분홍 짐승 생각에 하루를 끌려다녔다

방심

김도연

물집이 왔다
호미질을 할 때부터 손가락 끝이 욱신거리더니
장갑 속에서 몰래 기색을 살피더니
아예 자리를 잡아버렸다

꽃밭을 일구던 손가락 끝에
연약한 지문이 방심을 보인 틈을 타
꽃의 지문을 업고
물집이 왔다

허술한 마음이 빈틈을 보인 탓이다

내 지문과 꽃의 지문이 만나
첫눈에 불꽃이 튀었을까
반나절 만에 물집이 부풀어 올랐다

내 일생이 새겨진

내 손바닥 안에다 함부로 알을 낳았다

알이 들어앉은 양수 속에서
뜨거운 심장이 뛸 때마다
자꾸 손가락이 욱신거렸다

본색

김도연

텃밭에 꽃을 심고 나니
손바닥 잔금에도 흙 때가 끼었다
내 운명선에도 흙 때가 끼었다

아무리 읽으려 해도 읽히지 않던 내 손금이
내 운명의 선로가
너무도 선명하게 보였다

언제 끊어질지 몰라 조마조마했던 내 생애가
때를 묻히고서야 한눈에 들어왔다

물 위를 걷는 마음으로
손바닥을 펴고 오래 들여다보았다
차마 건널 수 없는
검은 강이 흐르고 있었다

때를 묻혀야 볼 수 있는 운명이

나의 본색이었다

목련 주식

윤희경

시드니 봄빛에 목련주가 떴다

녹색 막대그래프마다
치켜든 하얀 엄지
흙 마당이 환하게
익을 대로 익은

상종가 아홉 장 꽃잎은
미농지로 만든 문
두드리지 말고 밀어야 할 때 있었다
종래 낙장 된 속 겹은 참새 혀만 했다

불면 날아갈 듯 코스피
힘주면 터지는 코스닥
밤낮으로 찢어지고 멍드는 피박에도
섬세한 손끝이 쇼당이었을 것이다

항아리 속에
마른 꽃 향 쌓이고
수천의 새들 울음 모아
창 너머 멀리 펀드 한 봄날의 햇살 투자

금박 입혀
바싹 말린 마감 시세
얇고도 두둑한 풍년 수익 예상
샛노란 햇차 출시되었다

백목련 차 향기로 대박 날 조짐이다

그 여자의 흑점

윤희경

기침은 검은 점
타관에서 왔다
먼 길을 돌아 내 앞에서 멈춘 바람
가슴팍에 세를 내어 묵어가고 있다

난생처음 시집 내고
덮친 기관지 확장증
서너 달째 밭은 통점이 되었다
옛날 여자 점처럼 가벼웠으면

기침 끝에 잠이 깨어
왼쪽 창에 박힌 별에 닿았다
밤마다 남십자성 따라 동아줄 이어 달던
길 따라 별 나무 심고 점박이라 불렀다

목욕탕에 가면 수군수군
배꼽 아래 새똥 같은 점

둥지를 달아나지 못해
낡은 옷 비벼가며 오래 살았다

유년 시절 골목 끝 집 살던 여자는
빨간 입술 밑에 까만 점찍고
니나노 집 젓가락을 두드려도
쉬는 날엔 점도 쉬게 했다

귀를 씻고 입을 닫고
배꼽에 동전을 건다
기침 몸살 길어지는 타관살이가
점박이 따라 집으로 돌아가지 못한 탓일까

만천동 야사野史

김명기

달빛이 어둠을 품고 훠이훠이 몰려다니는 골목 어귀
개망초 머리맡에 고요가 곱네요
누군가 저들의 품속 사이로 기웃거렸다가는
아련히 가슴 베이는 그런 밤이지요.

황사 바람 타고
전신주에 올라 밤길 뒤척이던 비닐봉지가
세상 이야기 쏟아놓고 불면을 피해
새처럼 나뭇가지로 옮겨가네요.
아슬함도 아련함도 이 거리는 언제나
저마다 섬겨야 할 사연이 있어
가난도 때론 온기로 아득한 순간들이지요

저것 보아요
오늘도 동해 길 주름 펴며 화두 하나 움켜쥐고
슬금슬금 만천동 어귀로 오르는 햇살
넝쿨손이 낑낑 받쳐주는데요

어젯밤 담장 아래 모여 수군거리던 옆집 이야기가
아무 일도 아닌 듯
칭얼대면 떠나간 노란 버스 뒤에 서서
서로 눈인사하네요.

오늘 오전 만천동에는 잠시 여우비가 내리겠지만
바람은 동해 선상으로 외출 중이므로
우산은 간지런히 접어 가방에 넣어도 된다고
코스모스가 툭, 툭, 제 몸 이슬을 털어 내는데요
어쩌면 만천동 하늘 정수리에 발목을 빠트려도
골목 어귀가 온통 쩡하니 웃음이 나올 것 같아요

이 런 날

김명기

생각보다 기억이 앞서가는
늦은 귀갓길
휘청거리는 발길에 차여
이리저리 뒹구는 빈 소주병 소리에
졸고 있던 어둠이 놀라 가로등 속으로 숨는다
출렁거리던 생각과 기억도 화들짝
매듭을 놓고
가로등 아래 웅크려 '날 잡아 봐라'
ㅋㅋ 얼굴을 내민다

세상 모든 숨통은 술래놀음 길이랴,
이제는 낯선 길도 익숙한 길도
더욱 먹먹해지고 뻔뻔해져 가는 내가 싫어지는
여기

한때는 따뜻한 사연 한 몸에 담고
누군가의 간절한 변명을 헹구어 줄

기다림으로 가득했던

이름도 찢긴 속살 없는 빈 소주병 몸뚱어리가

유난히 거룩해 보이는 시간

친분도 없는 낯선 사내와 그림자가 서로 어깨동무하며

봄날은 갔다아~

봄날은 간다아~

가물거리는 유행가 가사와 술래를 하며

오르간 누르듯 횡단보도를 건너가는

구월동 첫눈

김미옥

첫 과 눈 사이 사람이 있다

눈은 빛보다 빨리 약지에 닿지만

입술보다 먼저 식는다

어제 죽어버린 맹세가 눈발에 흩날리고

자동차 경적에도 아랑곳없이

호들갑스레 문자들이 온다

혀를 내밀어 첫눈을 받아먹는다

크리스마스가 끝나가는 저녁 아홉 시 같은 맛

담쟁이덩굴이 아직 붉은 벽에 붙어있는데

첫눈은 보란 듯이 내린다

눈이 공중에서 사라지기 전 할 일이 있다

접어둔 책갈피 달뜬 문장 속 당신

매번 나를 버리고 매번 바뀌는 이별 장소에서 울고 있는

두고 온 고양이처럼 마음 쓰이지만

느슨해져 잃어버린 줄도 몰랐던 손목시계 같은

내 사랑 중 가장 가난한 사랑

눈 오면 생각나고

눈 녹으면 잊히는
사람들이 모였다 흩어지길 반복하는
구월동 사거리
11월 20일 저녁 8시 30분
비보호 좌회전
몰려든 차들

눈 오는 밤

김미옥

연대표에서 갑자기 사라진 인류에 대한 다큐멘터리

보는 밤

옛날이야기처럼 담백하게 끝나길 바라지만

그런 일은 일어나지 않지

불을 발견하고 고기를 구워 먹기 시작하자

임신부 배 속에서 아이 머리는 커졌어

좁은 골반에 머리가 걸려 애도 엄마도 죽는

일이 많았지

불과 단백질은 사람을 살리기도 죽이기도 한 거야

그러면 여자를 버리고 가는 거지

들판이나 나무 아래에 덩그러니

멀어져 가는 사람들 바라만 볼 수밖에

새로운 세상은 갑자기 참혹하게도 오잖아

창밖 검은 자궁 같은 하늘에서

미끌거리는 산도를 따라가듯 눈 내리고

고작 몇백만 년 전 구석기 일인데

꼭 내가 아는 여자 같아서

곧 사라질 구석기 여자 괜히 눈물 나

뼈와 동굴과 불빛이 뭉쳐진 구멍을 상상해봐

나는 능숙한 산파이고 그 속으로 금방 갈 수 있지

불씨를 살려 돌그릇에 물도 안치고

중국 호빵처럼 부푼 여자의 배도 쓰다듬어 주지

우우우 거친 신음을 토해낼 때마다

잘한다, 잘한다 같이 숨을 쉬는 거야

삼등신 다산의 여신 가랑이를 젖히고

아이 머리를 힘껏 잡아당기는 거야

멀건 양수가 터지고 물씬 아이가 쏟아져 나오면

털가죽 안쪽 제일 부드러운 곳에 눕히고

흐뭇하게 바라보는 거야

오늘은 아무도 죽지 않는 눈 오는 밤

동굴 밖 들짐승들 어슬렁거리며 울부짖고

환생 — 죽은 나무에 버섯

이혜수

직립으로
묵언 수행한 고승
열반에 들자
그 자리에 사리꽃 피었다

바람의 문신 2

이혜수

얼마나 긴 시간 지나야
생의 등짐 가벼워질까

한 생이 다른 생을 그리워하며
중심에 머문다는 것은
허공을 향한 간절함으로
잠들지 못한 제 울음 풀어 놓는 일이다

한순간 머무는 바람이라도
네 생의 피는 마지막 숨꽃이고 싶다

첫 동백

서정임

늦가을 때 이른 동백이 피었다
유난히 붉은
한 송이 햇덩어리다

알림을 받는다
아직은 젊은
죽음을 알리는 문자메시지다

붉은 해처럼 타오르던 그녀는
그 열정을 두고 어떻게 저세상으로 떠났을까
서쪽 하늘 길게 누웠던 검붉은 노을이 사라진다
순간 산 너머에서 찰나의 빛을 발하는 태양

이제는 아무도 닿을 수 없는 저곳에서
누가 놓아버린 한 목숨이
신생의 기쁨으로 태어났는가

오래도록 들여다보는 동백이
새로운 아침을 맞이한 환희인 듯
맑은 불빛을 내뿜고 있다

낙엽

서정임

비둘기 한 마리
버스정류장 앞거리를 배회하고 있다
어디론가 날아가지 못하고
제 자리를 맴도는 붉은 맨발이다

사람들이 흘리고 간 과자 부스러기를 쪼아본다
저 높게 솟은 아파트
그 안으로 한 번도 들어가지 못하고
알루미늄 창틀에 한 번씩 시린 발을 얹어보던

비둘기를 보던 눈이 흐릿해진다
노랗게 현기증을 일으키며 아득해지는 거리
손에 들고 있던 광고 전단지가 허공에 흩뿌려진다
한순간에 힘이 빠진 전신이 보도블록 위로 무너져 내린다

아버지가 눈앞에 스쳐 지나간다
휠체어에 몸을 의지한 채

.

내가 돌아올 시간만을 기다리고 있는

우리는 왜 늘 시린 맨발이어야만 했을까

구급차가 달려온다
하지만 이미 물 한 모금 마시지 못한 몸이 허공에 뜨고
무거웠던 어깨에 날개가 돋는다
가볍게 가볍게 또 다른 세계를 향해 솟아오르는 발

붉은 맨발의 비둘기가 오지 않는 아침
환경미화원이 쓱쓱 광고 전단지를 쓸어 모으고 있다

불시 개화

정충화

입동 소설도 지난 십일월 끝자락에
개나리 영산홍 사과나무까지
간간이 꽃을 피워 물고 있다

이런 철없는 꽃들이라니

봄꽃은 봄에
여름꽃은 여름에
가을꽃은 가을에 피는 게
섭리라지만

하긴 그렇다

다스운 햇살과
날 어르는 바람이 있다면
나도 한 번쯤
다시 피어 보고 싶을 테니

물리치료

정충화

두서너 주에 한번
주말마다 회귀하는 집 거실에서
기계 의사의 손에 물리치료를 청한다
몇 해 전 아내가 모셔 온
최고급 안마기에 누우면
내 등허리엔 금세 난장판이 펼쳐진다

사물과 풍물이 번갈아 가락을 타고
온갖 진동과 자극이
내 세포 구석구석을 들쑤신다
허리뼈와 엉치뼈 틈바구니에
의성어 의태어가 차곡차곡 쟁여지고
삭신은 이내 느른해진다

물리物理는 이렇게도 트일 수 있었다

장미 이후의 선물

이어진

이 길은 너무 익숙해서 장미들이 내 눈 속으로
소풍을 온다
장미들이 소풍을 가면 어떤 기분으로 바람을 흔드나
그렇게 질문을 한 것은 당신이었는데, 나는 이상하게
그런 말을 기억하지 못하는 빙수처럼
온몸이 흩어져서 사각사각 눈 위를 걷고 있었다
눈사람 속에서는 당신과 내가 참 다정하게 느껴졌는데,
그것은 아주 오랜 후의 만남처럼 자동차가 눈 위를
날아다니는 상상 같은 것이어서
철없고 천진한 웃음이라서
장미와 장미 사이의 빈 공간 속에 넣어두기로 했다
이 장미 꽃잎은 이별을 닮은 손가락을
나뭇가지에 걸어둔다
손가락과 손가락이 연결된 그림은 파도
소리처럼 시원해서
나는 바닷속에 장미의 선물을 넣어두기로 했는데
그것은 이색적인 풍경이어서 가끔 꿈속에서나

조우할 뿐이었다
장미 이후의 선물을 상상해 본 적이 있나요?
그것은 장미들이 소풍을 와서 떠들어대던
음악 소리였는데
내 귀가 자꾸만 흘러내려 장미의 팔을 잘라
먹는다는 리듬이었다
장미를 참 좋아하던 사람이 있었는데
장미 이후의 선물 상자 안에는 어떤 패턴의 셔츠를
입고 걸어가고 있을까
그렇게 장미들이 저 먼 곳의 정원에서
속삭이고 있었는데
나는 눈사람 속에서
사각사각 빙수로 만든 벽을 더듬으며 익숙하고 침침한
골목길을 걸어
장미들이 먼저 도착했던 여름날의 한 페이지를
걸어가고 있었다
내가 장미였다는 듯

나무들은 나뭇가지를 반대쪽 이마에 붙이고 먼 곳을
바라보고 있었는데, 바닷속이라면 장미 꽃잎처럼
웃어줄 수도 있을 텐데
겨울의 바깥이라면 빙수처럼 유리그릇 속에 녹아내릴
수도 있을 텐데
먼 곳의 붉은 장미가 백 년 후의 모습으로 늙어갈 때
나는 장미의 선물 상자를 상상해 보지
않은 어린아이처럼
장미의 선물을 기억하지 못하는 천 년 전의
가시 줄기처럼
작은 손으로 한 잎씩 벙그는 꽃잎을 그리듯이
그러한 기분으로
이 낯설고 익숙하지 않은 장미 이후의 선물 상자
속을 걸어가리라

물의 詩

이어진

컵에 물을 담아 마신다 물의 종류에는
여러 가지가 있다지
난폭한 물, 부드러운 물, 즐거운 물, 나는 즐거운 물이
되고 싶었네
네 입속으로 넘어가 너의 심장을 간질이는
장난꾸러기 물
그러나 나는 지금, 난폭한 물의 가장자리에 서서
너를 응시한다
나를 한 모금 마시고 볼이 볼록한 너의 웃음을 떠올린다
이제 나는 더 이상 물이 될 수 없을까, 물이 될 수
없으면 컵이 되어야지
너의 웃음소리로 꽉 찬 컵은 물 흐르는 소리가
날 것이다
그러나 나는 지금 컵이 될 수 없을 거 같다 누군가를
오롯이 담고 있는 컵은
얼마나 아름다운가
나는 나의 모습으로 황홀한 달의 얼굴을 떠올리고 있다

달의 얼굴 속에 세든 너의 사랑을 대신 앓고 싶다
그러다 마음을 접고 우주를 여행하다 다시 부끄러운
얼굴로 돌아오고 싶다
돌아온 얼굴을 앉혀놓고 가만가만 물 주고 싶다
다시 여행을 떠날 수 있다면 가장 행복했던 날의
한 페이지를 찢어
벙어리의 입 안에 넣어주고 싶다 활자들을 바라보고
음미하고 상상하다가
알아지는 한 획의 즐거움 물안에서 회오리치는 즐거움
그러다 나는 다시 부드러운 물이 되고 싶다
네 얼굴의 가장 예민한 눈꺼에서 좔좔 흐르는 물
부끄러움과 부끄러움이 만나면 무엇을 꼭 붙들고 있나
난폭함과 즐거움 사이의 벼랑에 매달려 있나
그러다 어느 풀잎 위에서인가 우리는
잠깐 해후할지도 내 입술을 가져간 숨결
내 눈물을 가져간 마음, 내 순결을 가져간 책장
꼭 한 명쯤의 유령을 붙들고 하소연하고 싶다

언젠가 나를 데려다 어항 안에 넣어주고 나의 뜬 눈을
가만히 응시했던 시詩처럼
나는 지금 너의 등을 가만히 쓰다듬고 있다
물을 버려둔 바다에는 가끔 고래가 다녀가고 나는
네가 옮겨준 병을 피해 이리저리
악몽에 시달렸다 무슨 물이라도 마셔야 하겠기에
물을 분양하는
나의 두 눈은 줄줄 물을 흘린다
목이 말랐다
무슨 말을 입 안에 넣고 꼭 하고 싶은 것처럼 나는 책의
한 귀퉁이에 앉아
너를 기다렸다 내 핏줄 속에 잠든 한 모금의 물, 난폭한
물의 가장자리에 서서

마주하다

홍 솔

바라보고 있는 것은 한 장의 종이가 아니다.

거대한 원시림이다

안갯속에다 비경을 숨기고

선을 긋고 물을 바르고 이름 부르며

한 발짝씩 다가갈 때마다

슬쩍슬쩍 장막 들추며 모습 보여준다.

빛과 어둠은 어느 정도에서 섞여야 하나

얼마만큼 더 덧칠해야 하나

숲은 깊고 대답이 없다.

개나리

홍 솔

화려한 외모도
세련된 말주변도 없는
저를
왜
첫 무대에다 세우셨나요?

그건 말이야
넌 햇살이고
넌 함성이고
넌 희망이기 때문이지.

고요한 사랑

정 겸

폐교된 초등학교 담장의 낙서들
희미하게 쓰인 5학년1반 철수와 영희
그 이름 사이를 비집고
하트 그림이 어설프게 자리 잡고 있다

이끼 낀 이순신 장군 동상과
책을 든 소녀상이 마주하고 있다
칼도 책도 비바람 속으로 사라졌지만
반세기 넘도록 함께하고 있는 저 두 사람

잡초 무성한 운동장에서
간간이 들려오는 아이들의 웃음소리가
서동요처럼 들리고 있다
한동안 내 시선이 머물러 있던 벽면에는
크레용으로 그려진 희미한 기억들이
무용총 벽화처럼 아직도 춤을 추고 있다

격자무늬 벽돌을 따라

담쟁이덩굴의 푸른 손들이

염문설의 흔적을 지우고 있다

버즘나무 그늘, 낡은 벤치에서

초로의 사내가 무너진 구령대를 바라보고 있다

칼과 책이 사라진 줄도 모르고

아직도 바라보고 있는 저 두 사람.

궁평항 버스를 타다

정 겸

가로수 잎사귀마다 노을 맺혀 있다
가을은 서둘러 항구를 향해 달렸다
하늬바람이 불 때마다 내 몸에서는
계절을 잃어버린 푸른 가시가 돋아났다
시간은 가속도가 붙어 빠르게 증발되고
캄차카반도에서 날아 온 괭이갈매기는
서둘러야 해넘이를 볼 수 있다고 재촉한다
철인삼종경기 선수처럼 지금까지 달려왔는데
다시 또 달려야 하다니 숨이 탁 막힌다
달릴까 말까 고민을 한다
문득 바라본 서쪽 하늘 하얀 초승달 아래
가창오리 떼 길게 횡대 지어 날아가고 있다
초록빛 추억이 그리워지는 저녁
수원역에서 궁평항 버스를 탄다.

인형 뽑기

김혜선

우린 여길 상실이라 불러

불빛이 꺼지지 않아 아름다움과

그로테스크가 뒤섞여 있지

우리는 손아귀를 물어뜯는 연습에 골몰 하곤 해

이빨이 다 부러지고 입술은 너덜너덜해질 때까지

눈알이 빠진 애들은 바닥으로 내려가

수족관의 물고기처럼

헤엄치고 헤엄치고 헤엄쳐서

무의식에서 일어나는 자유로운 변형

위험한 생각이나 살찐 파리가 되지

물 위에 앉은 애들과 그 위를 나는 파리와

교살범처럼 정교해진 손아귀가

포르말린에 담긴 상어처럼 떠 있는 여기

또다시 메타돈 같은 눈빛 하나 다가와 익사를 기다리지

썩지 않는 아름다운 상실을 꿈꾸고 있지

튜바

김혜선

문 열어달라고, 눈이 올 것 같다고
개가
메타 버스^{Meta Verse}의 세계를
발로 찬다

라 캄파넬라를 들으며
조화造花에 물을 주는
그녀가
기르던

병든 새 한 마리
나일강 가에서 햇볕을 쬐고 있네
꽁지깃을 흔들어 물방울을 털고 있네
거미줄에 걸린 물방울에 비친

그녀는 얼굴을 가리고 새 요리를 먹었습니다
그녀에게서는 수치심과 불안의 냄새가 납니다

먹혀서 병이 든 새는
이집트 무덤의 기도문 속에 살아있고

눈이 오면
파가니니처럼 악마에게 영혼을 넘겨줍니다
개는 즐겁습니다

질량 불변의 법칙

이순옥

시장바닥에서 산 순대의 무게가 손끝에서 흔들린다

버려지거나 이리저리 날아다니던 검은 비닐봉지에서
밥그릇의 모습을 꺼냈다
채워야만 비로소 그릇이 되는 부질없음이
오늘은 내 손끝에서 당당하다

밥그릇의 자리를 넘보는 문명의 사생아
작은 바람에도 정처 없는 비닐봉지가
내 속을 채워주는 밥그릇이 되었다

순식간에 가장자리로 몰려 찢기고 밟히고
혹은 가지 끝에서 흔들리기 일쑤다
잠시 뒤를 돌아보거나 먼 산을 훔쳐볼 때도
가벼운 밥그릇 하나를 지키기 위해
돌로 누르거나 꼭 붙잡고 있어야 한다

쉽게 날아가 버리는 가벼운 밥그릇을 붙잡기 위하여
습관처럼 가슴을 꾹 누르고
손아귀에 힘을 준다

한 번도 훨훨 날아본 적 없는
가벼워 본 적 없는 나는
내 안에 담긴 것들이 언제나 낯설다

우슬을 말리는 가을

이순옥

휘어지지 않으려고
부러지지 않으려고
매듭을 만드는 저것들을 차마 풀이라고만 말할 수 없다

매듭을 맺는 일이 저를 지키는 일이라고
흔들릴수록 무릎이 더 단단해지는 것들
덩굴 무성한 도시의 숲에서 얼마나 견뎠을까
마디마디 시큰거리는 가을
골목을 흔드는 바람이 맨발을 내보일 때마다

무릎에 매듭을 맺으며, 버티며,

무릎 꿇을 시간이 왔다고
서둘러 꽃을 피워야 한다고
숲으로 숲으로 잦아드는 바람

달빛 스미는 풀섶 깊숙이

바람은 마른 것들의 눈물을 지우고 간다

사는 일들이 무릎에 다시 매듭짓는 일이라고
마디 툭툭 불거진 우슬이 마른 정강이를 뒤척인다

연리지

김윤아

나는 껍질입니다
해맑은 하늘 몇 조각 웃는 나뭇잎 사이에
누가 숨겼는지 신호음이 들립니다
실눈으로 어딘가 있을 문을 찾아봅니다

뒷모습은 보이지 않습니다
무거운 것은 땅으로 떨어진다지요
심장을 파고든 나뭇가지에 가을 드는데
제 시절 모르는 동백 모가지 꺾어 붉은 밤
어찌 빗장을 서둘러 닫아거는지

밤새
매서운 빗줄기는 거꾸로 거꾸로 내려와
손톱 밑 통점까지 숨통을 끊고
아무렇게나 불거진 힘줄로 흘러갑니다
숨구멍 사이로 드나드는 실바람이
당신이신지

당신 떠나보내고
회초리 같은 가지 끝에 맺히는 빗물
허물어진 심장까지 쓸려내려 텅 빈

나는 빈 껍질입니다

묵은지의 칼칼함 같은

김윤아

빙하를 열어 기억을 꺼낸다 목소리, 시원한 콧마루,
하늘 닮은 눈동자,
꾹꾹 눌러 쓴 글씨, 부정형의 조각들
연초록 계절에 열린 이슬 따위 잊은 지 오래지만 소주
너덧 병이면
'매일 그대와 도란도란 둘이서…' 노래하던 명철이
하필 동해 앞바다에 뿌렸느냐 올 때마다 툴툴거리는
민호가 앞장서고
진묵 경훈 병숙 오랜만에 뭉친 소꿉친구들
날름거리는 파도에 소주 한 잔 끼얹고
야, 이 자식은 하나도 안 늙었네! 스물일곱이니 젊어서
좋겠다! 명철아!
파도보다 더 큰 목소리로 바다를 불렀다
어깨를 움츠리는 초겨울 백사장 은빛 돗자리 위에
제물처럼 모여앉아
벌써 삼십 년이네 추워 죽겠다 엄살떠는 진묵이가
먼저 취하고

짧은 컷에 흰 눈 소복한 명철이 첫사랑 병숙이
안줏감으로 싸 온 김장김치 죽 찢어 척척 걸쳐주며
잎맥 사이에 밴 젓갈처럼 곰삭고 곰삭아 사라지는
날까지 만나자
신소리 내려놓는 저물녘
야, 나 잔 비었다!
덜컥 자른 밑동까지 죽 찢어 목구멍으로 넘기며
다음에 또 여기에 오면 가면과 가발은 알아서 벗기로
우린 젖은 손가락을 걸었다

생각이 생강처럼

유 희

아홉 살 아이에게 받아쓰기 문제로
'생각을 했습니다'라고 불러주니
'생강을 캐씁니다'라고 쓴다
뿌리 없이 시도 때도 없이
꿈속까지 드나드는 생각이
아홉 살 아이 손끝에서 생강으로
미끄러져 바닥에 떨어진다

받아쓰기 시간의 바깥에는
생각이 생강처럼 잎줄기를 세우고 있다
생강 밭이랑에 푸른 생각들이
흙냄새 그윽하게 뿌리내리고
바람이 전해주는
뭇별들의 휘파람 소리
숱한 구름의 울음소리
소맷자락에 접어둔다

정답 없는 생각이 생강처럼

뿌리 단단히 여미고 하안거에 든다

잎줄기 적시고 마르도록

한 계절, 두 계절 묻혀 있으면

흙내 속 깊이 철부지 생각이

생강처럼 매운 뿌리로 영글겠다

귀ㅋ가 막혀서

유 희

귓속에 물이 찼다
씻은 몸은 맑은데
귓가에는 갯바람이 맴돌고
걸음은 수렁을 헤맨다

며칠째 빠지지 않고
찰랑거리는 물소리
머릿속 캄캄한 구석에서
참았던 울음이 일렁인다
심장이 울렁거린다

생이 닳아서 관절이 어긋나고
꿈길조차 비탈져
밤잠을 자주 놓치신다는
노모의 신음이 가슴에 울린다
빈 병 속 한숨이 먹색으로 침수 중이다

귓속 물을 빼려 모로 누우면
살아나는 습한 기억들이
세포분열 한다
한증막 같던 우기의
천장 구석은 곰팡이 번지고
당신이 미웠던 날의 신음이 끈적하다

며칠째 빠지지 않는
귓속 물이 뜨거워진다
마른 소리만 듣던 고막이 물에 젖더니
귓속 벽 틈새에 감춰둔
차용증 채무자 이름이 베개 속에
파도 소리처럼 끊이지 않고 들려온다

투명을 바라보는 방식

신새벽

날아오르는 비눗방울

입에서 뿜어져 나오는 동그란 언어
후렴구처럼 반복되는 기포들
이명을 앓는 당신은 제대로 서 있지도 못하면서
하늘을 등에 업은 유리창을 바라보며 하염없이
방울을 날린다

찰나와 윤곽을 유지하는 시간 앞에서
당신은 떨 듯이 기뻐하고
난 허망을 품는 허공을 객관적으로 바라본다

떠 있는 호흡들, 문득 우리 사이는 온전하지
않다는 생각

환한 오후를 떠다니는 당신과 나
아슬아슬, 위태롭게 서로를 밀고 당긴다

투명한 벽엔 늘 금들이 그어진다

지름을 재보기도 전 원圓들이 떠돌다 사라지고
아무도 만질 수 없는 뼈 자국들이 즐비하다
굳이 지우지 않아도 되는 흔적들

비눗방울 좀 그만 날리라는 질책이
입속에서만 맴돈다

멀미가 너울처럼 넘나드는 유리 공간에
난 중력을 끌어안은 거품이 되어간다

휴지 면사포와 손수건 드레스

신새벽

1

그녀가 결혼식을 올린다

가족이라는 배후에 사랑의 실족史를 가진 여자
왼발은 방안에 담그고 오른발은 허방을 향하는
아슬한 난간을 넘나들며 살던 여자

나프탈렌 냄새 지독한 화장실에 갇힌 그녀를 지나던
남자가 구해줬다

딱 한 사람만 들어갈 수 있는 옴짝달싹할 수 없는 곳
실어증에 걸린 자물쇠만 바라보며 소리 질렀다
구해준 남자는 그녀의 다리를 보고 반했다
남자는 다리 한쪽이 짧았다

2

할머니는 안개가 두터운 새벽, 외간 남자와
난간 없는 다리를 걷다가 헛발을 디뎌 바다로

떨어져 익사했다

3
그녀의 엄마는 가학증이 있는 아버지한테 흠씬
두들겨 맞고
뒷산 바위를 오르다 굴러떨어져 죽었다
붉은 치마가 더욱 붉게 물들었다

4
칼바위 능선을 내 집처럼 드나들던 아버지는
콧구멍보다 더 좁은 곳도 다닐 수 있다며 자랑하다
산에서 추락사했다
워낙 높은 곳에서 떨어져 시체를 찾는 데만
사흘이 걸렸다

그녀가 채 스무 살도 안 됐을 때
쓰여진 가족의 실족史

면사포는 화장실에서 만난 남자를 위해서
손수건은 그녀의 가족을 위해서 눈물로 얼룩졌다

노란 모감주나무 아래 엄마를 묻고 돌아오던 날
흩날리던 노란 꽃가루가
드레스 위로 내려앉았다

구멍골

김명은

어떤 보행이 바람을 품에 안고 쌕쌕거려요

한 걸음도 나가지 못한 눈빛이 빈 가지에 걸리고
나뭇잎 한 장에 걸려 두 귀가 넘어져요

마른 감잎들이 텃밭으로 달려가 어린 마늘을 품고
화단으로 건너가 시절 없이 핀 박태기 발등을 덮고
애기괭이밥과 노란 소국을 감싸 안아요
겨우살이나무 발등에도 수북한 감잎의 감정으로

가쁜 숨골에 큰 숨 불어넣으려고
연이틀 강풍이 불어요
새 떼가 배추밭에 앉으려다 시누대 숲으로 휩쓸려요
날개깃 휘고 몇 겹의 댓잎과 깃털은 따스하고

마른 사람들이 마른 곳을 보여주며 함께 말라가요
공평하게 갈라진 다리가 가벼워지고 있어요

해남 가는 길

김명은

모자 달린 구름 몇 벌을 캐리어에 구겨 넣는다
근육에서 손가락들이 기어 나온다

손아귀 힘을 푼다 이미 아픈 몸이 또 아프다
과속 방지 카메라와 끝까지 눈을 맞추고
구간단속지점 지나면
탈주하듯 순간에서 순간을 비켜 간다

막다른 거기, 오래된 아픔이 아픔을 키우고
하늘과 땅을 한꺼번에 갈아엎어 버릴 수는 없을까

바닷바람 분다 짭짤하고 비릿한 의미의 질감
한 사람 바다가 있고 길은 바다를 지나간다
익숙한 저녁은 검은 후드티를 벗지 못하고

가지고 싶은 것보다 버리고 싶은 것이 많다

휘고 뒤틀어진 아픔에도 끝이 있는지
속도는 발끝에 있고 방향은 손끝에 있다

어디로 가든 돌아갈 미래는 빈집
결단과 단절 이후 무성한 후회만 남을 것이다
위급이 반복될 때마다 구름을 꺼내 입는다

일 상 의 독백

김진돈

개롱공원 오솔길 따라 산책하는 사람
반쯤 눈을 뜨고 있는 고양이
가을 햇살에 비스듬히 기대고

가뿐해진 오후의 뒷모습을 즐기고
떠나는 계절의 리듬에
가벼워지는 것은 마음뿐인가

당신이 흘러갑니다

한바탕 무색계의 바람이 일자
떨어진 낙엽 위 남은 색계의 가을, 우수수 쌓인다

오솔길은 고양이를 바라보고 고양이는 무심이
떨어지는 낙엽을 그저 바라볼 뿐, 공원의 운동하는
사람은 왔던 길 각자 되돌아가고

속도를 내는 가을 앞에 고양이가 사지를 쭈욱 펼치자
한 손바닥만큼의 바람, 단풍나무 가지에 붙었다
툭, 떨어진다
지나던 오토바이 굉음에

바짝 귀를 세웠다가 내리는 고양이 다시 반쯤 눈을 뜬
채 가을 햇살에 비스듬히 기대고

당신이 흘러갑니다

가뿐해진 오후의 뒷모습을 즐기고 있다
떠나는 계절의 리듬에
가벼워지는 것은 마음뿐인가

초승달

김진돈

배나무 가지에 보름달이 매달려 있다

식탁에 둘러앉아 배를 깎는다
앙상한 가지에 초겨울 바람이 불고
둥근 접시에 내려온 네 쪽의 투박한 초승달

위치 따라 변하는 천지의 모서리, 알 수가 없는가

하얀 각도부터 아삭
초승달을 베어먹는 맛이라니

접시에 있던 배 한 쪽이 사라졌는데
창문 위에 초승달이 비스듬히 걸려있다
입가에도

마음 따라 변하는 천지의 모서리, 알 수가 없는가

둥근 식탁에 둘러앉아 배를 깎는다

해는 지고 잠자던 여백의 눈썹이 웃는다

베고니아 처방전

김효선

화분을 옮길 수 없어 마음을 옮긴다 조화를 가장한
생화가 핀다는, 말이 되지 않는 얼굴을 바라본다
아무리 봐도 살아있는 자세 같지 않아서

그늘이 자라 그늘이 되는 연습을 하도록 내가 도착한
세계가 인도의 신발공장이라면 본드에 취해 내일을
잊겠지 오른쪽으로 고개를 돌려 에티오피아 커피
농장으로 향한다면 우연히 엎지른 커피가 살아있는
얼굴처럼 몽롱하게 걸어올지도 몰라 지구
반대편에서만 볼 수 있다는 생화 같은 희망 말야

햇빛 알레르기에 금방 시들어버리는 꽃이라니
생화처럼 살 수 없는 생화라니 익숙하지 않은 영원을
배접하며 수만 번 피었다 후회로 시들어가면서
내 안의 얼굴을 지우는 일

어떻게 눈앞에 있는 얼굴은 시들지 않고 죽은

표정일까

꽃이 피는 동안만 궁금했던 나무처럼 넓적한
이파리들은 팔이 짧아 보름 만에 한 번씩 물을 주라는
말을 잊는다 아무도 모르게 뿌리까지 먹어 치우는
벌레들 몰랐어 아침을 껴안지 못하는 못갖춘마디들
바람이 흔들어주지 않으면 완성되지 않는 노래라는 걸

눈앞에 있는데도 서로를 알아보지 못하고 생화가
조화처럼 핀다

D-day 봄

김효선

사람을 피하려다

숲에서 개를 만났습니다

발이 땅에 붙어버렸고

개는 송곳처럼 뾰족하게 꼬리를 세웁니다

그게 다예요 그게 다라구요

그렇게 마주치지 않으려고

지난봄에는

지네가 내 발바닥을 물었고

잎보다 꽃이 먼저 피어

운을 다 써버린 도박꾼처럼

철퍼덕철퍼덕 걸었습니다

그게 다예요 그게 다라고 했잖아요

곰팡이가 곰팡이를 낳는 동안

썩지 않는 건 기억을 왜곡하며

이마에 긴 강물을 흘려보내더라고요

그게 다예요 그게 답니다

한없이 추운 전생을 끝없이 망각하며

난로 없이는 새벽을 견디지 못하는
그게 나예요 그게 나라구요

숲으로 걸어가는 동안
혀를 빼고 저기서 나를 기다리는
새하얀 빛은 도대체 어딥니까

꽃

김창재

타박타박

꽃은피었다지고

머언이역길

기이픈곳으로나려쌓이고

동무도없이

나려쌓여올망졸망

말도없이꽃무덤을이루고

벌나비도없는

꽃무덤속둥근잠을자고

새울음도

아지랑이도없는

타클라마칸

오오래깨어나지않고

꽃은또피었다지고

머언이역길

시나브로

긴하루해지다

타박타박

부리나케

이성수

엄마 보고 달려오던 아이
제 발에 걸려
코가 깨졌다

꽃이 오는 속도
봄이 피는 온도

꽃피 쏟아져 울음 벙그는

열대야

이성수

팬티 벗고
러닝셔츠 벗고
내 껍데기까지 훌렁 벗어서 뒤집어 놓은 채

차가운 저녁노을에 내 영혼 문질러 씻어내고

내 껍데기 말아
감자 굽는 장작불에 던져 넣으면

불타는 한 생
참 잘했다 싶게

이번 생의 문지방을
넘어갈 수 있을까

시작 따위는, 늘 마지막이어서

이기범

백합나무 이파리 붙들었던 힘을 놓아
계절을 떠나보내며 떨어졌다
왼손잡이 권투선수에게 카운터펀치를 맞을 때처럼
묵직하고 둔탁한 소리로 계절은 우울했다
나뭇잎은 웅장하게 부서졌고
겨울처럼 가을에게서 흙먼지로 쓸려 다녔다
백합나무 수간 안에서
빈 바람이
비어 있는 시간을 깨웠고
선술집 백열등 아래
허름한 작업복 주머니를 뜯어냈다
경계석에 걸려 깨진 무릎
지난 밤 일이고
손가락 마디 정도 자란 절망
욱신거리는 날개
고시원 청년은 라면 봉지에
미지근한 물을 받아 잠시 쥐고 흔들었다

물류창고에서 흘린 땀은 말랐고 다시

흘렀고 말라버렸다

생각이란 것은 생각할 수 있는 틈을 주지 않았다

유리병 조각 박힌 담을 넘다 베인

손바닥 상처를 붕대에 싸매고 돌아와

불 꺼진 고시원 복도에 서서

그림자 만질 수 있을까

환하게 불 밝혔던 백합나무꽃의 붉은 냄새를 가늠했다

세상은

창궐하는 날카로운 불의 말을 키워

풋풋한 심장들만 노려 찔러댔다

빨간불이야, 다음 신호를 기다려

사거리 신호등 음성

아름다운 기억 쪽일까

보잘것없는 추억 쪽일까

풀의 냄새가 비에 젖어

이기범

빗길에 잠시 멈춰
우산을 기울여
한쪽으로 빗물을 쏟아냈다
잠시 멈추어 땅 위에 튕겨 오르는
빗방울을 보고 서 있는
무성한 외로움
지루한 장마로 이어질지 모를 일 이었다
후회하지 않으려 당당한 척했던 과거
살아가야 할 무게만큼 파문은
나타났다 지워졌다
어쩌면 우리 하루가
왔다가 떠나가는 것을 모르는 것처럼
곁에 남아 있지 않는
남아 있어도 분분한
살을 파고드는 상처
무심하게 밟고 지나가는 텅 빈 노숙을
쓸쓸히 경험했다면

남은 것과 남아야 할 것들 소리 들어야 하리

비는 거칠어지고

지워진 그림자

한 뼘 젖고 젖어서

일어나지 못하는

오늘도

차가운 밥 한 덩어리

날개를 달아 줄 수도 있다고

희망은 얼굴을 만졌다

R의 내레이션

김소영

할머니는 치매가 시작되었다
어머니는 이미 우랄알타이어족이고
나는 아직도 풍경 너머에서 씨를 뿌린다

색동저고리를 입고 호랑이 품에서 잠든 할머니가
전설 속으로 걸어 들어간다
세상은 아직 어리고 디아스포라의 소년들은
늙지 않는다

화투 점을 치는 할머니의 오른쪽 손가락 사이로
흑싸리 꽃이 지고 있다 사월 두견새의
존재는 이별이었다

때를 놓친 감정들이 밤마다 몰려다녔다
고요한 섹스
현란한 파도
시끄러운 뒤통수에 덧칠해지는 물감들

흔들리는 풍경
늙지 않는 소년들은 까치처럼 호랑이 머리맡에
앉아 있다
무례한 해설들이 난무했다

오른쪽 뺨을 맞고도 왼쪽 뺨을
내미는 광대뼈 굵은 젊은 어머니는
늙은 딸을 업고 골목으로 사라진다

썩지 않는 씨앗은 꽃이 되지 못했다
묘사되지 못한 울음 나는 또 경계 밖으로 밀려난다

나를 어디에 데려다 놔야 할까요

김소영

나를 어디에 데려다 놔야 할까요
자궁 밖에서는 분열된 세포들이 유성우처럼 쏟아지고
잘 여문 뼈들은 명왕성 밖으로 달려나가요

지난밤 성스러운 바다에서
우리는 검은 새를 날려 보냈지요
부랴트족이 솟대를 세우면
인중이 긴 아이들이 태어났어요
뼛국물에 떡국을 끓이고 경사가 많았던
할아버지의 고향은
가장 시끄럽고 험악한 고요 속으로 가라앉아요
할아버지는 부산에서 아버지는 연해주에서
나는 이르쿠츠크에서 색동옷을 입고
명주실 같은 목숨을 움켜잡았지요

대륙의 횡단 열차는 한 세기를 넘어가요
우리는 마음에 붙은 뼈들을 발라내면서

몽고반점을 지우고

단단한 엉치뼈 안쪽에 고향을 숨겨요

주인 없는 유전자는 명왕성 너머에서 반짝이죠

내 눈 속의 사과 같은 사람

고주희

주물을 만지는 사람이 있다

지구 어딘가에선 오늘도 경첩이 떨어지고
앙증맞은 사자머리를 부풀려
근근이 이어 나가는 황동 장석의 이름이 있다

멀리도 건너온 질문,
나무에 열린 풋사과를 볼 때

나는 아직도 시가 아니라
지나간 사람 때문에 자주 우는 사람

굳게 닫힌 문을 두드릴 때마다

저민다는 말은 사과로만 향해서
수분이 증발한 사진처럼
변색이 되는 안부들

시간은 눈으로 읽히다가
달궜다 식힌 주물 상태로 가지런해져
누구나 다 아는 무늬의 장식이 된다

먼지의 첫 표정을 녹여가며
박제되어버린 얼굴

장인匠人의 손에 입을 맞추고
노쇠한 손이 내 이마를 스칠 때 문득,

너는 참 오래간다는 말을 들었다

밈

고주희

문을 열면 눈보라와 함께인 이가 있다

피해자와 가해자의 마음이 동시에 밀려온다

죽었다 깨어나도 당신은 져주고 마는 쪽

코너에 몰리고 몰린 칸나가 저물 무렵

억센 손은 뿌리째 어둠을 쥐고

버리는 자의 강심장을 연습한다

심판의 끝은 억지로 눈 뜨는 일

모든 발돋움과 연한 설렘을 기억하는 조리개가

닫혀있다 의도적으로 세계는 모든 흑점

*밈: 미움

하몬드 오르간을 연주하는 코뿔소는

뿔의 굴레를 벗어나면 먹고 싶은 것이 무얼까

외로움을 뼈에 새긴 채

악을 쓰는 영화를 너무 많이 보았다

페이드 아웃 fade-out

강박에 가깝게 한 사람을 추모하는 그녀에게

전형은 아니었지만

까만 스틸레토힐을 갖춰 신겼다

영화의 마지막 장면처럼 음악은

이 모든 것들의 공명을 담당한다

육중한 허기를 끌어안은 바닥엔

세상에서 가장 천진하고 맑은 감정이

백야처럼 불어나고

한 번도 제 속을 넘겨본 적 없는 그릇

빈 수저질 아득한

빈터회원 신작

2021

박일만 시집
『살어리랏다』
—
달아실

심종록 산문집
『벗어? 버섯!』
—
달아실

권지영 동시집
『달보드레한 맛이 입 안 가득』
—
국민서관

권지영 동화
『비밀의 숲』
—
단비어린이

나석중 시집
『저녁이 슬그머니』
—
북인

김송포 시집
『우리의 소통은 로큰 롤』
—
상상인

박미라 시집
『비 긋는 저녁에 도착할 수 있을까?』
—
현대시학

정한용 시집
『천 년 동안 내리는 비』
—
여우난골

정충화 시집
『꽃이 부르는 기억』
—
달아실

김혜선 시집
『왜 오늘 밤은 내일 밤과 다른가요』
—
파란

윤희경 시집
『대티를 솔티라고 불렀다』
—
천년의시작

신새벽 시집
『파랑 아카이브』
—
미네르바

박일만 시집
『살어리랏다』
—
달아실

박일만 시인의 시집 『살어리랏다』는 귀향을 위한
열망으로부터 출발한다. 표면적으로는 고향과
농산촌에 대한 평이한 진술들로 보인다. 그러나 깊이
들여다보면 도시 생활에만 매몰된 사람들의 관심에서
밀리고, 정부 정책의 사각지대에서 한없이 낙후돼가는
농산촌의 현실을 직·간접적으로 고발하고 비판한다.
또한 파괴되어가는 생태자연을 안타까운 시선으로
포착해 체험적 진실로 완성했다. 이밖에도 시집
전체에 배어 있는 자연에서의 생래적인 의미를 토대로
민족의식, 역사의식 등을 되새기는 자세를 취하고
있다. 일제 강점기나 육이오 민족상잔 등 깊은 역사적
뿌리에 닿아 있음이 그 증거이다. 아울러, 수구초심을
바탕으로 어릴 적 추억과 현실적 사건들을 잘
버무리고 익혀서 한편의 드라마로 완성했다.

심종록 산문집
『벗어? 버섯!』
—
달아실

2021년 7월 심종록 동인은 그동안 찍은 버섯 사진에
짧은 글을 입혀 버섯에 관한 산문집을 내었다.
이 책은 버섯에 대한 백과사전식의 소개가 아니라
버섯의 외양만을 빌려와 그의 마음속에서 꿈틀거리고
일어서고 사라지는 오욕칠정의 풍광을 그려냈다.

권지영 동시집
『 달보드레한 맛이 입 안 가득』
—

국민서관

권지영 작가의 동시는 따스한 찻잎을 우리듯 다정한
시인의 마음씨가 우러나옵니다. 자연의 섭리를 그저
지나치지 않는 태도, 아이보다 더 아이 같은
천진난만한 모습이 그대로 배어 있지요.
동시에 ㅁ(미음)을 더하면 동심이 됩니다.
아마 그 미음은 '마음'의 미음이 아닐까 싶습니다.
권지영 시인은 동시에 그녀의 마음을 더해 동심을
여실히 담았습니다. 권지영 작가가 순우리말 동시를
쓰게 된 이유는 미래 세대인 우리 어린이들이
순우리말을 더 많이 배우고 익혀서 널리 쓸 수 있으면
좋겠다는 것이지요.

권지영 동화
『비밀의 숲』
—

단비어린이

빛이 점점 사라져 가는 숲의 비밀을 찾아라!
『비밀의 숲』은 이름 그대로 사람들이 모르는 비밀의
숲에 대한 이야기예요. 비밀의 숲은 푸른빛이 나고
맑은 향기가 풍기는 아름다운 숲이지요.
그런데 이렇게 아름다운 숲에 쓰레기 더미가 여기저기
쌓이면서 빛이 점점 사라져 가고 있어요. 우리의 작은
행동이 맑고 평화로운 숲을 다시 환하게 밝힐 수
있어요. '늦었다고 생각할 때가 제일 빠르다'라는 말이
있듯이 이제라도 나리와 함께 우리도 지구를 사랑하는
마음으로 하루하루를 살아가도록 해 봐요.

나석중 시집

『저녁이 슬그머니』

—

북인

2005년 시집 『숨소리』로 등단한 나석중 시인의 여덟
번째 시집 『저녁이 슬그머니』는 대부분 표절이다.
대놓고 표절을 했는데 인위적인 표절이 아닌 주인이
없는 "하늘과 구름" (이하 「시인의 말」)이나 "풀꽃과
나비", "일출과 일몰"을 베낀 것이다. 시인은 수시로
자연에 들어 소요逍遙하고, 교감交感하고, 필사筆寫한다.
노자는 『도덕경』에서 자연을 "희언자연希言自然"이라
했다. 글자 그대로 풀이하면 말이 드문 게 자연이다.
　　　　나석중 시인이 추구하는 시정신도 이와 다르지
않다. "언젠가 딱 한번 써먹었을"(이하 「막도장만큼이라도」)
막도장처럼 화려하거나 복잡하지 않은 형상을 하고
있다. "무엇인가를 간직"하거나 채우기보다 버리거나
비우는 일이 더 많아졌다. "허망한 문장" (이하 「캠프」)은
태워버리고 사변을 멀리하면서 다시 "백지에서
출발"하고자 한다. 시인은 "동심을 잃지 않"고
자연으로 돌아가는 것이 "시인정신"임을 숨기지 않는다.

시인이 베낀 것은 "아침과 저녁", "일출과 일몰"도
있다. 아침이나 일출보다 저녁과 일몰에 방점이
찍히는 건 어쩔 수 없다. 어스름, 즉 저녁 어둠의
시작인 박모薄暮는 시인의 생래적 나이라기보다
정서적 나이나 시인으로서의 위치에 더 가깝다.

　　아직 사랑할 수 있고, 젊은 시인들보다 좋은 시를
쓸 수 있다는 자신감의 발로이다. 일몰 후 잠시 밝고
푸른 박명薄明이 지난 시간이 어스름이다.
땅거미라고도 하는 조금 어둑한 시간이 지나면 금방
밤이 찾아온다.

　　이번 시집『저녁이 슬그머니』에 눈물이 종종
등장하는 것은 "고향에서 부르면 탕아처럼 돌아"
(이하「여적餘滴」)갈 준비가 되어 있고, 인생의 어스름에
"허물 벗는 참회"(「자작나무 인생」)의 심정 때문이다.
누구나 세상에 혼자 왔다 혼자 간다.　단순한 여행에서
조금 더 복잡한 여행을 희원希願하지만, 인생은 본래
"단독자"(「테이크아웃」)인 것이다.

　　"제 갈 길 의연히 가"(「굴신이 아니다」)는
자벌레처럼 "무량 흘러넘치고도 남는"(시詩다)시가
곁에 있는 한 시인은 행복한 사람이다.

　　　　　　　　　　　　　─ 김정수 / 시인

김송포 시집

『우리의 소통은 로큰 롤』

—

상상인

존재의 궁구는 세계 해석의 출발점이자 종점이다.
김송포 시인은 존재의 문제를 줄기차게 물고
늘어지면서 세계로 나아간다. 그가 앞으로 나아갈 때,
존재의 끈들이 시인의 몸을 감싸며 따라온다.
관계의 바다에서 매생이 같은 생명의 끈들이
합쳐지고, 갈라지고, 흔들리며 다시 만나는 장면은
철저하게 액체적이다. 모든 각지고 견고한 것들은
액체의 운동 앞에서 무너져 내린다. 그러므로 우리는
모두 "동굴방" 안에서 하나였던 곳을 향한다.
거기에 "오므렸을 아기"들이야말로 영원한
그리움이다. 김송포 시인에게 있어서 시쓰기란 그런
아카디아Arcadia를 회복하려는 운동이다. 비록 '상상적
해결imaginary resolution'일지라도, 그런 푸른 초장草場에
독자들이 함께 누울 때, 지복至福이 넘친다.

— 오민석 / 시인·문학평론가

박미라 시집

『비 긋는 저녁에 도착할 수 있을까?』

—

현대시학

그녀의 시에는 많은 시간이 동시에 흐른다.

생로병사라는 인간의 시간이 흐른다.

그런데 생로병사는 인간만의 시간은 아니다.

새에게도, 꽃에게도 생로병사의 시간이 흐른다.

이번 시집에는 수탉, 승냥이라는 짐승의 시간도

흐른다. 모두 시적 화자의 복제 분신이며 환영이며

또 다른 자아인 도플갱어에 해당한다. 더 나아가

그녀의 맨정신과 미친 정신은 서로 도플갱어에

해당한다. 몸과 영혼도 서로의 분신이며,

서로의 도플갱어에 해당한다. 그녀의 물리적이고

육체적인 시간 속에는 불혹과 지천명 이전의 생명력이

도플갱어처럼 살고 있다.

— 장인수 / 시인

정한용 시집
『천 년 동안 내리는 비』
—

여우난골

이 시집에는 생각하는 기계, 상상하는 기계, 창조하는
기계 이야기가 나온다. 생명의 존재는 태어나서
죽기까지 고정된 것이 아니며, 살아 있는 몸 밖에서
생명을 이어갈 수 있다는 새로운 인식론이다.
정한용 시인의 시는 경계적인 존재와 경계의 융합을
탐색한다. 인간과 기계의 섞임을 넘어 종의
경계까지도 허물어질 것이라고 상상한다.
해체된 몸으로 이른바 '탈영토화'된 세계를 노래한다.
한편 그는 이 세상의 삶은 결코 혼자일 수 없다는
인식을 가지고 있다. 우리 모두는 복잡한 관계망과
가혹한 환경 속에서 발버둥치며 생존하는 좆같은
새끼들이라고 말한다. 이렇게 합쳐지고 부서진
존재들이 바로 우리 삶의 비루함과 부조리를 예리하게
드러낸다. 그는 '저항하는 인간'(호모 레지스탕스)이다.

— 장인수 / 시인

정충화 시집
『꽃이 부르는 기억』
—
달아실

정충화 시인의 세 번째 시집이다.

    부제로 '식물시집'을 붙였을 만큼 처음부터
끝까지, 봄에서 겨울까지 피고 지는 꽃과 나무에 관한
시편들로 구성되었다.

    이번 시집은 작은 식물도감이라 해도 그다지
틀린 말이 아니다.

    시인은 자신이 관찰한 꽃과 나무를 시로
형상화했을 뿐만 아니라 자신이 직접 찍은 사진과
식물에 대한 설명을 친절하게 병기한 까닭이다.

    이번 시집은 그동안 우리가 놓치고 있던
식물들이 얼마나 많은지를, 얼마나 많은 식물이
우리에게 얘기를 건네주고 있는지를 보여주고 있다.

김혜선 시집
『왜 오늘 밤은 내일 밤과 다른가요』
—

파란

김혜선 시인의 시를 따라 읽으며 여기에 이른 당신은 이미
묵직한 삶의 무게로 인해 감당하기 버거운 어떤 감각을
경험했을 것이다. 죽음을 경유한 문장은 세계에 대한 시적
재현을 넘어 재현적 인식 모델을 파괴한 지각을 다른 위치에
놓음으로써 삶을 다르게 바라볼 수 있는 각성의 탈주를
유도한다. 시인의 시작 행위는 푸코Michel Foucault가
이야기했듯, 말 잘 듣는 신민에 불과한 근대적 주체를 죽이고
그 낡은 도덕적 주체의 주검으로부터 새로운 주체,
스스로를 능동적으로 구성하는 미적 주체이자 예술적
주체로의 시적 모험을 감행한다.

　　시인의 시편들에서 접하게 되는 죽음과 피, 비명과
그로테스크한 몸의 변형을 베이컨의 그림과 중첩하여 읽어낼
수 있는 것은 주체에 관한 기존의 관념에서 벗어나 다른 위치에
'나'를 놓음으로써 세계가 요구하는 주체의 자리로부터 탈주하여
'자기의 테크놀로지'가 가능한 미적 주체의 삶, 또는 예술적
완성이 가능한 존재의 미학을 수행하는 태도라 볼 수 있다

— 이병국 / 시인·문학평론가

윤희경 시집
『대티를 솔티라고 불렀다』
—

천년의시작

이것은 다소 투박한 심해잠수부의 언어다.
고도孤島 같은 외로운 실존의 소리 없는 비명이다.
여기와 저기, 과거와 현재, 더 구체적으로, 인사동과
타즈마니아, 서울과 시드니가 섞이고 스민 흔적들이
불거진다. 윤희경의 시에는 이국의 지명과 풍물들이
단속적으로 끼어들고, 맥락 없이 소환되는 과거의
시간이 소용돌이친다. 낯선 것과 낯익은 것이
장력張力의 장 안에서 서걱거린다. 이 서걱거림은
동화와 배제의 긴장이 팽팽한 가운데 기우뚱거리는
세월을 이겨내고, 고향 상실자로 변방을 떠도는 자가
묵묵히 견뎠을 불화의 징후다. 여기서 태자리를 떠나
먼 곳을 실존의 자리로 삼아 안착한 호모 노매드의
고단한 숨결을 느끼는 것은 독자의 몫이다.

— 장석주 / 시인

신새벽 시집
『파랑 아카이브』
—

미네르바

신새벽 시인은 언어감각이 뛰어나다. 누구도 생각하지
못하는 감각적 언어들이 신시인의 시편들 속에는
즐비하게 나온다. 시에서 이들 언어의 역할은 자못
현란하다. 시가 빛나고 있는 것은 이러한 언어적
소임이 충실하기 때문이다. 파워 있고 섬세한
언어들이 독자들의 감성을 휘어잡고 감동으로 이끌어
간다. 일상에서 만나는 경험이나 사유의 덩이들을
사근사근하게 발효시키고 새로운 경험으로 다시
태어나게 하는 솜씨가 탁월하다.

　　그가 이러한 시를 통해서 도달하고자 하는
지점에는 무엇이 있을까, 삶의 산뜻한 묘미가
기다리고 있다. 읽는 이가 하마터면 상상하지 못해
지나쳐 버리고 말 이 사안은 우리가 무미건조한
세상에서 습윤하고 따뜻한 집으로 들어가는 좋은
안내자를 만나지 못할뻔한 일에 비견된다.

　　　　　　　　　— 문효치 / 시인·미네르바 대표

빈터회원 약력

Profile

•

강미정	1994년 "시문학"으로 등단. 시집『상처가 스민다는 것』,『그 사이에 대해 생각할 때』외.
강순	1998년 "현대문학"으로 등단. 시집『이십대에는 각시붕어가 산다』,『즐거운 오렌지가 되는 법』외. 2019년 경기문화재단 우수작가 기금 수혜, 2021년 전국계간문예지 우수작품상 수상.
고주희	2015년 "시와표현"으로 등단. 시집『우리가 견딘 모든 것들이 사랑이라면』.
권지영	2015년 "리토피아"로 등단, 시집『붉은 재즈가 퍼지는 시간』,『누군가 두고 간 슬픔』, 『아름다워서 슬픈 말들』, 동시집『제주 많은 내 친구』, 『방귀차가 달려간다』, 실용서『꿈꾸는 독서논술』, 전자책 소시집『당신, 잘 있나요』.
김길나	1995년 시집『새벽날개』로 등단. "문학과사회"에 시를 발표하면서 작품 활동. 시집『빠지지 않는 반지』외. 산문집『잃어버린 꽃병』. '순천문학상' 수상, '아르코문학 창작기금' 수혜.
김도연	2012년 "시사사"로 등단. 시집『엄마를 베꼈다』.
김명기	1991년 "문학과지역"을 통해 작품 활동 시작. 1992년 "문학세계" 신인상 수상. 시집『등이 가렵다』.
김명은	2008년 "시와시학"으로 등단. 시집『사이프러스의 긴 팔』.

김미옥	2010년 월간 "시문학"으로 등단. 시집 『북쪽 강에서의 이별』, 『탄수화물적 사랑』
김밝은	2013년 "미네르바"로 등단. 시집 『술의 미학』, 『자작나무숲에는 우리가 모르는 문이 있다』, '제3회 시예술아카데미상' '심호문학상' 수상.
김소영	1993년 "문예한국"으로 등단, 전자시집 『그린란드』.
김송포	2013년 "시문학"으로 등단. 시집 『부탁해요 곡절 씨』, 『우리의 소통은 로큰 롤』 외. '포항소재문학상' 수상.
김영준	1984년 "심상"으로 등단. 시집 『나무비린내』, 『물고기 미라』외.
김용인	2008년 "시문학"으로 등단. 전자시집 『이석증후군』.
김윤아	2015년 "시문학"으로 등단. 한국시인협회, 한국문인협회 회원.
김진갑	2003년 "시사사"로 등단. 시집 『나는 별이었다』.
김진돈	2011년 "열린시학" "시와세계"로 등단. 시집 『그 섬을 만나다』, 『아홉 개의 계단』.
김창재	2006년 "시사사"로 등단. 시집 『카타콤』.

김혜선   2009년 "시사사"로 등단.
               시집 『왜 오늘 밤은 내일 밤과 다른가요』.

김효선   2004년 계간 "리토피아"로 등단.
               시집 『오늘의 연애 내일의 날씨』, 『어느 악기의 고백』 외.
               '시와경계문학상' 외 수상

나석중   2005년 시집 『숨소리』로 작품 활동.
               시집 『풀꽃독경』, 『물의 혀』, 『촉감』, 『나는 그대를 쓰네』,
               『숨소리』, 『저녁이 슬그머니』 외.

박미라   1996년 "대전일보" 신춘문예로 등단.
               시집 『이것은 어떤 감옥의 평면도이다』,
               『울음을 불러내어 밤새 놀았다』 외.
               '충남시협본상' '서귀포문학상' 수상.

박일만   2005년 "현대시"로 등단.
               시집 『사람의 무늬』, 『뿌리도 가끔 날고 싶다』, 『뼈의 속도』 외.
               '송수권시문학상', '나혜석문학상' 수상.

서정임   2006년 "문학선"으로 등단.
               시집 『도너츠가 구워지는 오후』, 『아몬드를 먹는 고양이』.

수피아   2007년 "시안"으로 등단.

신새벽   2017년 "월간문학"으로 등단.
               현 "미네르바" 편집위원.
               시집 『파랑 아카이브』

심종록   1991년 "현대시학"으로 등단.
               시집 『쾌락의 분신자살자들』, 『신몽유도원도』.

오영록	"다시올문학"으로 등단. "문학일보" "대전일보" 등 신춘문예 당선. 시집『빗방울들의 수다』,『묵시적 계약』 외. '청계천문학상', '청향문학상' 수상.

유 희	1995년 "심상"으로 등단. 시집『우체통이 있는 길목에서』,『시간 위에 눕다』,『틈새』.

윤희경	2015년 "미네르바" 등단. 시집『대티를 솔티라고 불렀다』

이성수	1991년 "시와시학"으로 등단. 시집『그대에게 가는 길을 잃다, 추억처럼』 외.

이순옥	2006년 "시로여는세상"으로 등단. 시집『바람꽃 언덕』,『어쩌면, 내 얼굴』.

이어진	2015년 "시인동네"로 등단. 전자시집『셔츠의 웃음』.

이토록	2017년 "열린시학"으로 등단. 2017년 '백수문학상' 신인상, 2018년 '천강문학상 시조대상' 수상, '2018년 '서울문화재단예술가지원사업' 선정. 시집『뜨거운 뿌리』,『노끈』, 시조집『흰 꽃, 메별』.

이혜수	2012년 "시와시학"으로 등단. 시집『자기 일찍 들어올거지』,『널 닮은 꽃』 외.

장인수	2003년 "시인세계"로 등단. 시집『유리창』,『온순한 뿔』,『적멸에 앉다』, 『천방지축 똥꼬발랄』 외.

정 겸   2003년 "시사사"로 등단.
              시집 『푸른경전』, 『공무원』, 『궁평항』. '경기시인상' 수상.

정완희   2005년 "작가마당"으로 등단.
              시집 『어둠을 불사르는 사랑』, 『장항선 열차를 타고』,
              『붉은수숫대』. '충남시인협회상'(작품상)수상.

정충화   2008년 계간 『작가들』로 등단.
              시집 『누군가의 배후』, 『봄 봐라, 봄』, 『꽃이 부르는 기억』,
              산문집 『삶이라는 빙판의 두께』 외.

정한용   1985년 "시운동"으로 등단.
              시집 『유령들』, 『거짓말의 탄생』, 『천 년 동안 내리는 비』 외.
              영문시집 『Children of Fire』 외. 문학론 『초월의 시학』 외.
              '천상병시문학상' '시와시학상' 수상.

하태린   2013년 '한카문학상' 시부문 우수상 수상.

홍 솔   시집 『지독한 사랑』, 산문집 『노을쓰기』.
              한글교육서 『10일 한글 읽기』 외.

황영애   2005년 "시사문단"으 등단,
              시집 『내가 낯설다』, 『사과 껍질에 베인 상처에 대해』
              오산문학상 대상 수상

빈터문학회 연보

History

2000 — 2004

2000. 01	창립 모임(8명), 홈페이지 개설초대 대표 정한용
2000. 06	독립서버, 도메인 등록(poemcafe.com)
2000. 08	제1회 빈터문학캠프, 대부도
2001. 01	제2회 빈터문학캠프, 속초
2001. 06	동인지 1집《빈터》발간
2001. 08	제3히 빈터문학캠프, 청주 무석도예
2002. 01	제4회 빈터문학캠프, 대전 동학산장
2002. 08	제5회 빈터문학캠프, 거창 덕유산청소년수련원
2002. 12	동인지 2집《보임》발간
2003. 06	제1회 시생명제, 안산 성호조각공원
2003. 08	제6회 빈터문학캠프, 무주 기곡수련원
2004. 02	제7회 빈터문학캠프, 여주 남한강 일성콘도
2004. 06	제2회 시생명제, 안산 청소년수련관 분수무대
2004. 10	한국문화예술진흥원 2004 우수문학사이트로 선정
2004. 12	동인지 4집《빈터》발간

2005 — 2009

2005. 02	제8회 빈터문학캠프(여주 남한강 일성콘도)
2005. 08	제3회 시생명제(안산 화랑유원지 야외음악당)
2005. 12	동인지 5집《빈터》발간
2006. 02	제9회 빈터문학캠프(공주 갑사)제2대 대표 박제영
2007. 01	제10회 빈터문학캠프(춘천)
2007. 08	제4회 빈터 시생명제(강원도 평창)
2008. 01	제11회 빈터문학캠프(논산 초연당)제3대 대표 정한용
2008. 08	제5회 시생명제(논산 초연당)
2008. 12	동인지 6집《나무심》발간
2009. 01	제12회 빈터문학캠프(여주 남한강 일성콘도)
2009. 12	동인지 7집《섬을 읽는 시간》발간

2010 — 2014

2010.01	제13회 빈터문학캠프, 충주 계명산휴양림
2010.08	제6회 빈터 시생명제, 옹진군 선재도
2010.12	동인지 8집《寓話, 혹은 羽化》발간
2011.01	페이스북 그룹 "빈터 PoemCafe" 페이지 개설
2011.08	제14회 빈터문학캠프 + 제7회 시생명제, 정선
2011.12	동인지 9집《조각무늬, 꿈》발간
2012.02	회지 [PoemCafe Quarterly] 창간호 발간
2012.05	빈터동인 봄 단합대회, 강원 속초
2012.10	빈터동인 가을단합대회. 경기 양평
2013.01	제15회 빈터문학캠프, 남양주 축령산휴양림
2013.06	빈터동인 봄 단합대회, 경기 화성
2013.10	빈터동인 가을 단합대회, 경기, 서울
2014.01	제16회 빈터문학캠프 , 용인 한화리조트, 제4대 회장 김정수

2015 — 2019

2015.01	제17회 빈터문학캠프, 담양 세설원
2015.10	빈터동인 가을 단합대회, 경기 화성
2016.01	제18회 빈터문학캠프, 안성 별빛고운펜션
2016.06	제19회 빈터여름문학캠프, 충주 산촌생태마을
2017.02	빈터 전국총회 개최, 서울 인사동 푸른별주막
2017.07	제20회 빈터여름문학캠프, 안성 칠현산방
2017.08	제1회 빈터시낭독회, 서울 교보문고 합정점 배움홀
2018.01	동인지 10집《꽃몸살을 앓고나니 겨울이다》발간
2018.01	제21회 빈터문학캠프, 가평 골드리버캐슬팬션, 제5대 회장 김진갑
2018.03	제2회 빈터 시낭독회, 서울시민청 태평홀, "이제 우리는 사랑을 이야기한다"
2018.07	제22회 빈터여름문학캠프, 예산 쌍지암
2019.02	제23회 빈터문학캠프, 진천 화랑촌팬션
2019.08	제24회 빈터문학회, 안성 칠현산방

2020 — 현재

2020.01	빈터문학회 홈페이지(poemcafe.com) 폐쇄, 제6대 회장 장인수
2020.06	빈터문학회 시집 11집《스멀스멀 옮겨 다니는 무늬》전자책 발간
2020.07	빈터문학회지 11집 출판기념회, 화상 시낭독, 성남 카페 '봄언덕'
2020.09	빈터문학회지 12집《길이 된 내 그리움》디카시 특집 전자책 발간
2021.01	빈터문학회지 13집 『지상의 악보』 발간,
	zoom 화상회의로 출판기념회
2021.07	빈터문학회지 14호 『금지』, 디지북스, 2021